鐵研齋全印

王鏞題

李书强 著

西泠印社出版社

李书强

1982 年生于内蒙古阿荣旗，现居辽宁大连。现为中国书法家协会会员、中国书法家协会刻字与综合材料创作委员会委员、大连市书法家协会副主席。

篆刻作品获奖及入展：第七届全国新人新作展优秀奖、第五届中国兰亭佳作奖、全国第三届青年书法篆刻展、全国第七届篆刻展、全国第八届篆刻展、全国第十届书法篆刻展、全国第十二届书法篆刻展等。

自 序

一

印章于我，是在手里把玩的器物，是艺术的，可赏；是生活的，能玩。基于对古、拙、雅的仰望与表达，我倾向于篆刻与器的整体构成和综合性的创作。中国古代玺印以器为用，通过实践智慧呈现艺术品质，这种创作状态表现出来的形制与文字的千变万化，我心向往之，却难以理想呈现。于是，我从印人成长为工人，通过实践材料、雕塑、工艺，把控整体视觉，再回归篆刻，创作渐入佳境。

《铁研斋金印》是一次关于材料、钮式、文字、配篆、工艺、风貌等综合性的艺术探索。

二

在中国传统文化中，印章是成熟最早的艺术之一。周秦两汉时期，古玺印已经是集文字、篆法、钮式、材料等综合一体的经典。如何吸取 3000 年前的“古”通往现在的“新”，我在实践中的方法是从材料入手，一一体验。

我从石、玉、琥珀、水晶等天然材料开始，后又钟情于铜、银、金、合金等金属材料。一是金属印采用凿刻法，行刀顿挫的线条常有意料之外的收获；二是金属铸造过程中，失蜡铸造的斑驳呈现，会让印章产生不可预期的二次创作；三是金属可塑性好，便于印章形制的整体塑造，古印中大量的金属印佳作，更是在艺术精神上对我有着无声的指引。

黄金是金属印中的代表性材料。金印最早见于西汉，是官印体系中重要的一支。由于古代官制体系等级森严，只有帝、王、将、相、侯等得以使用，因此金印在古代印制中有着地位的象征，西汉“文帝行玺”龙钮金印、西汉“滇王之印”蛇钮金印、西汉“宛朐侯埶”龟钮金印、汉（新莽）“偏将军印章”金印等传世之作，从印钮到篆刻无一不精。或朴茂端正，或精致入微，不同时期传达的风格气息也随之变化，东汉“广陵王玺”文字方正，线条顿挫；北周“天元皇太后玺”朱文大印，标志着北周官玺制度的变更。这些艺术价值与史学价值共振的传世经典令我情有独钟，一些关于制作的尝试也随之展开。

三

制作金印十年，有过几个阶段。首先是完成雕塑与金工。金印采用古法失蜡铸造，先雕出印钮蜡模，浇铸成钮，经过切削、锤揲、錾刻、打磨、抛光等工序完成制钮，再进行凿刻、清底。我用模拟古人治印的方式，先去完成，再做思考与改进。

金印凿刻不同于铜印、银印，材料柔韧性高，有时凿刻难以精准。参考古玺的面貌，在线条细微处，抛弃凿刻，而采用整体雕蜡浇铸式，再进行整修，通过调整工艺，来达到不同效果的表达。线条有金工助力，路就通了，印文可以大胆奏刀，又能精心处理，不失分寸。

其次是构思钮式，通过形制、文字与配篆，传达金印整体的美学质感。古玺印的审美品格，蕴含着古人的自由精神与秩序感的天然统一。金印的形制也须遵循古意，我取战国秦汉印系的钮式，包括鼻钮、权钮、覆斗钮、龟钮、龙钮、鱼钮、螭虎钮、双面印等。战国鼻钮小玺造型精巧简洁，取法三晋朱文，精细如发；龟钮造型浑圆，配以两汉印风，端庄精致。

四

先取其表，慢慢参悟其里。探索金印的过程，也是一次漫长的回溯古玺印的精神旅程，金印如果只在材料、形制上丰富，还远远不够。古人造印之美，核心在于对文字造型的智慧，战国玺印形制相较于秦汉以后方形大一统格局来说，显得自由无拘，正方形、长方形、圆形、棱形、异形、花饰雕纹等变化多样，字形在各式格局中自由变换，空间没有成为桎梏，反而成就了印文的奇思。战国玺印的文字变形，在自然与法度之间自由舞蹈、屈伸，虚实之间的韵味，提升了我对金印创作的认识。

我的一些金印在艺术表现上取法三晋古玺，追求奇而复正，疏而知聚，动中求静，变而不诡。在一厘米左右的印面空间，奏刀须微毫相较，先做到布局和走线的精致稳准，再配合铸金工艺对线条产生的“意外设计”，尽量兼得二者之长。

五

《铁研斋金印》收录了我在 2022 年、2023 年，两次金印展览中的精选作品，共 76 方。这两次金印展览由清秘阁杨中良先生策划。

金印以黄金为材料，金光夺目，寓意恒远。印章钮式包括鼻钮、瓦钮、龟钮、兽钮、双面、权钮、环钮印、卍字钮等，配以吉语印文，从视觉、篆刻、文化等多个层面综合呈现金印之美。

欢迎各位老师、朋友批评指正。

2023 年 11 月 12 日于大连

目 录

战国古玺印风
二〇二三年作品

两汉印风
二〇二三年作品

金印

二〇二二年作品

战国古玺印风

二〇二三年作品

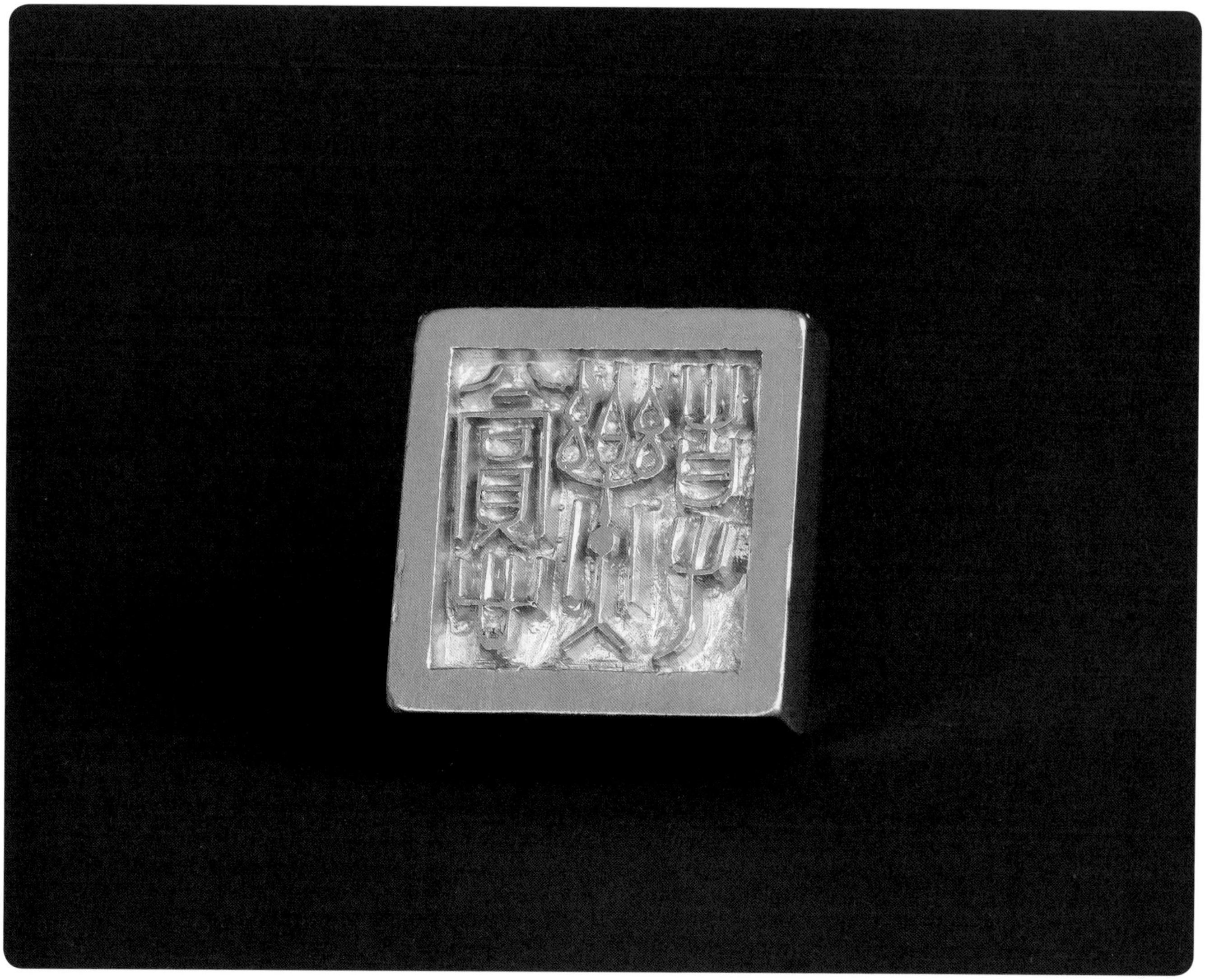

赏心乐事

鼻钮黄金印

纵 13.5mm　横 13.5mm　高 11.2mm

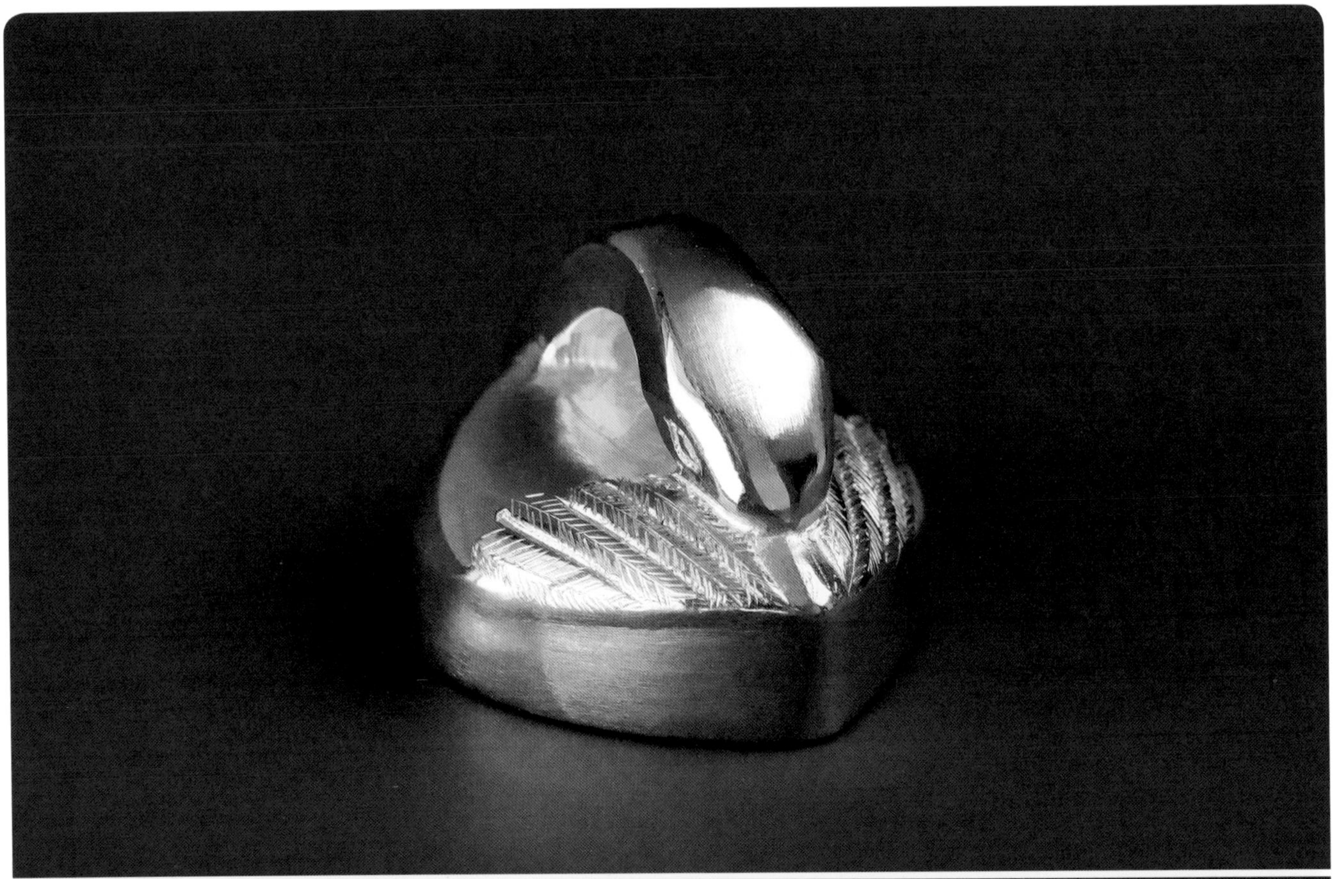

得所喜

雁形鼻钮黄金印

纵 14.0mm　横 14.0mm　高 10.5mm

相思得志

鼻钮黄金印

纵 14.6mm　横 14.6mm　高 11.8mm

嘉福久长

鼻钮黄金印

纵14.0mm　横14.0mm　高10.0mm

长宜君久富贵

鼻钮黄金印

纵 13.7mm　横 13.4mm　高 11.7mm

相见欢

鼻钮黄金印

纵 16.7mm 横 16.5mm 高 12.0mm

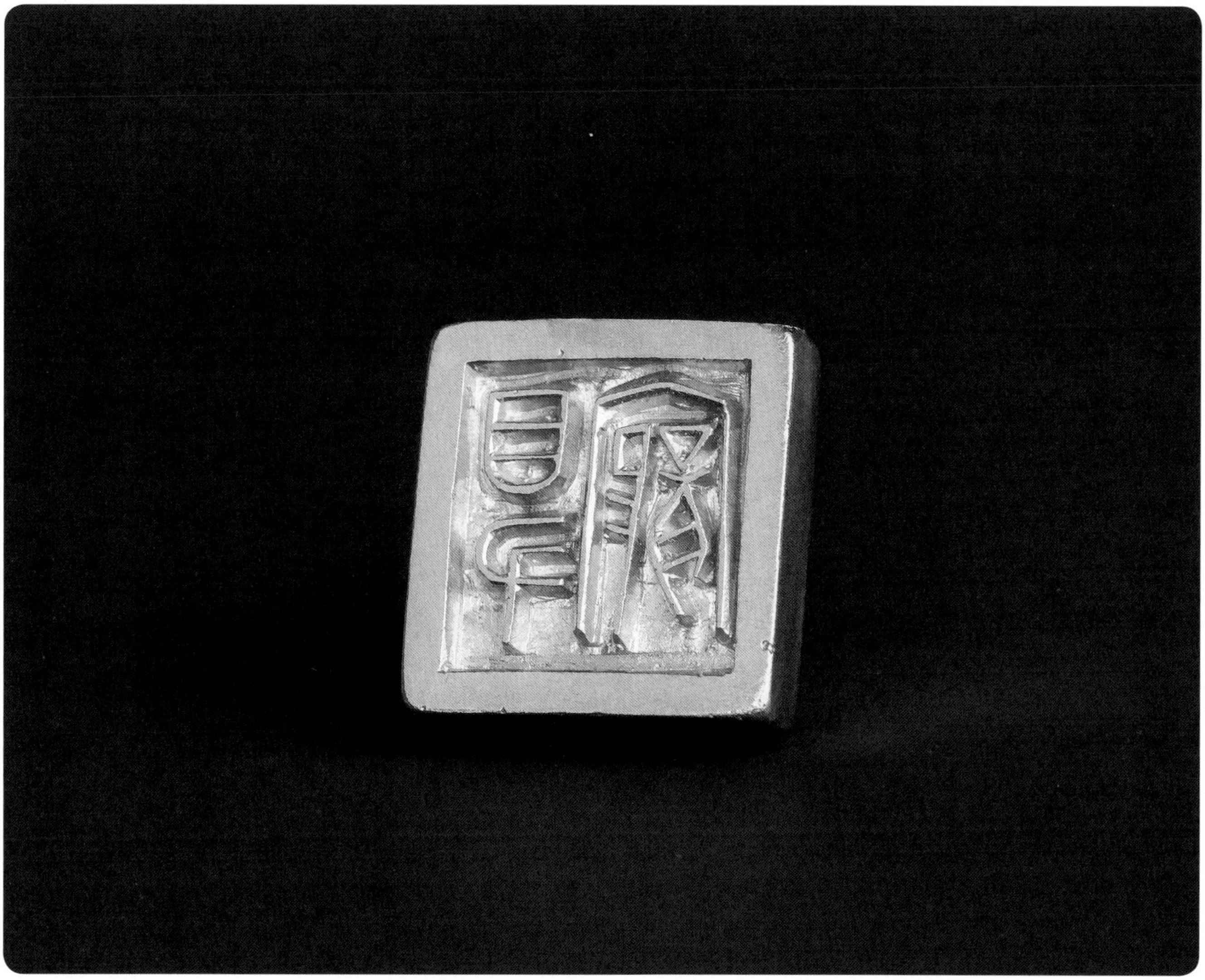

得宠

鼻钮黄金印

纵 11.2mm　横 11.2mm　高 10.0mm

大利千金

鼻钮黄金印

纵 11.0mm　横 11.0mm　高 11.0mm

修身

鼻钮黄金印

纵10.0mm　横10.0mm　高11.0mm

日千万

鼻钮黄金印

纵 11.0mm　横 11.0mm　高 11.0mm

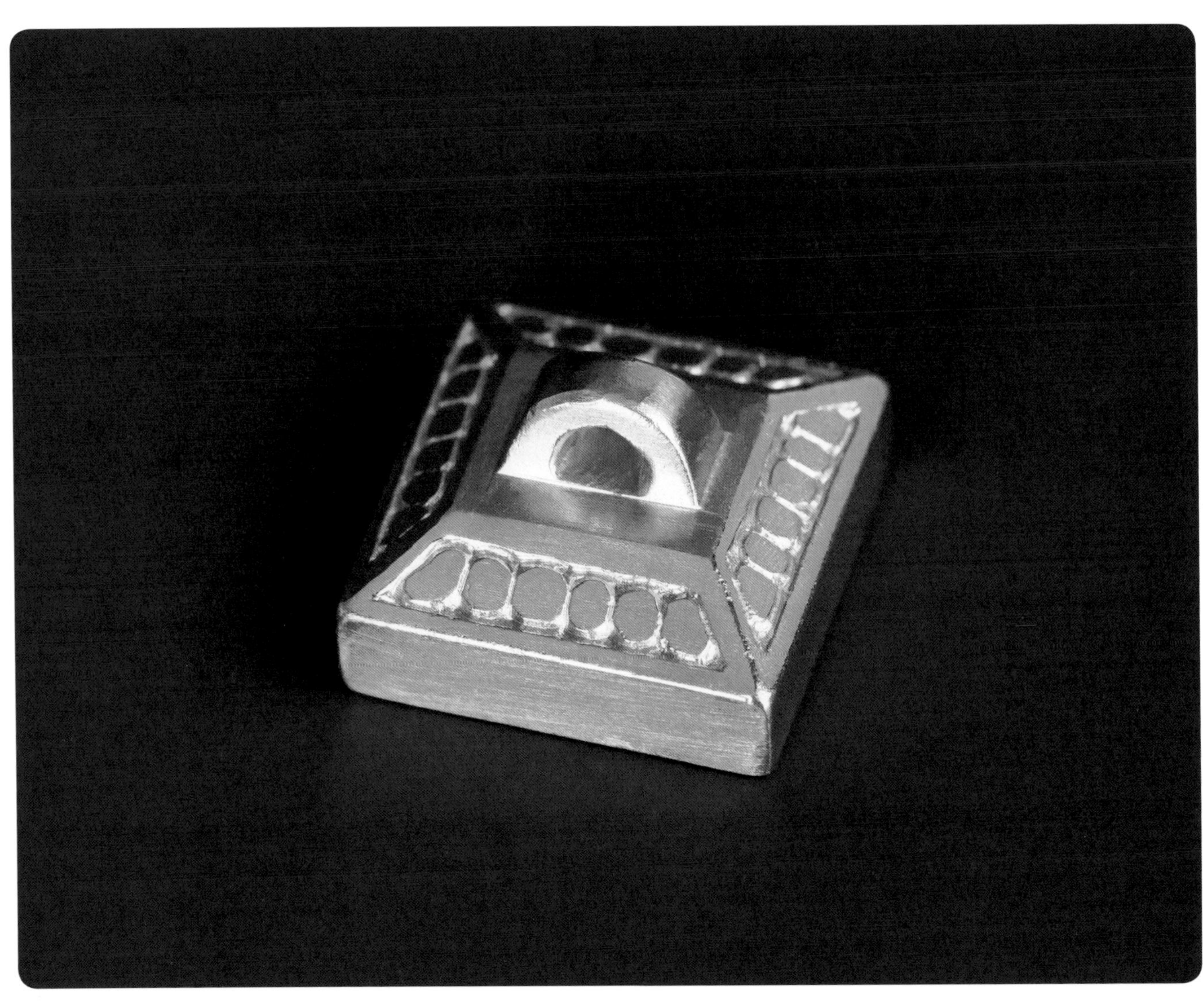

知行合一

鼻钮黄金印

纵14.9mm　横14.9mm　高9.0mm

天天向上

鼻钮黄金印

纵11.5mm　横11.5mm　高10.0mm

心怡

鼻钮黄金印

纵 9.8mm　横 9.8mm　高 17.0mm

吉祥止止

鼻钮黄金印

纵9.7mm　横9.7mm　高8.8mm

有福

鼻钮黄金印

纵 10.8mm　横 10.8mm　高 10.6mm

大吉

鼻钮黄金印

纵 8.2mm　横 8.2mm　高 13.5mm

自信

鼻钮黄金印

纵 10.8mm　横 10.8mm　高 15.2mm

吉祥

鼻钮黄金印

纵10.5mm　横10.5mm　高8.0mm

千金

鼻钮黄金印

纵 10.6mm　横 10.6mm　高 10.0mm

行己所爱

鼻钮黄金印

纵 10.0mm　横 10.0mm　高 10.0mm

无忧

鼻钮黄金印

纵12.2mm　横12.2cm　高9.5mm

欢喜

鼻钮黄金印

纵 12.5mm　横 12.5mm　高 10.0mm

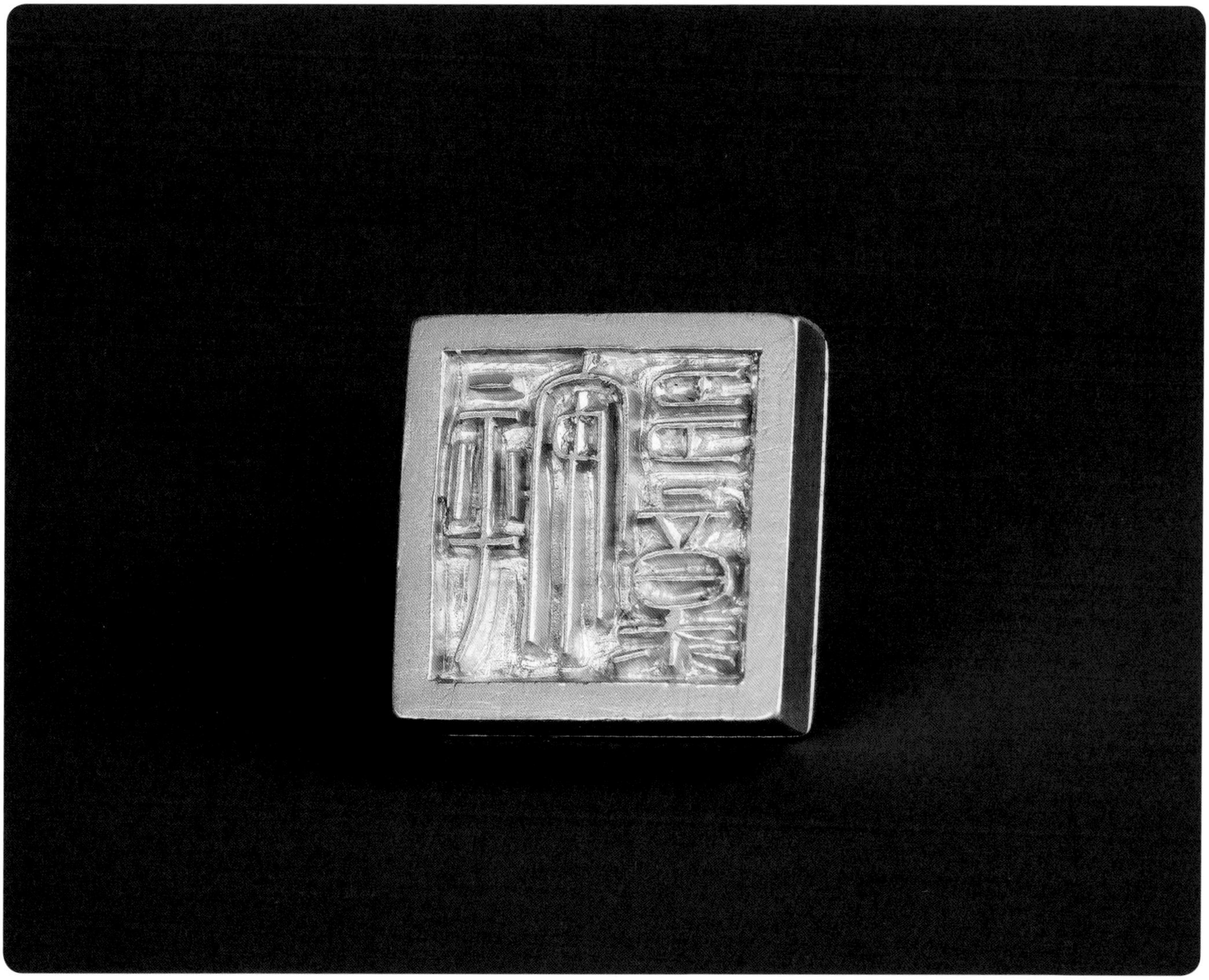

平安多福

鼻钮黄金印

纵12.0mm　横12.0mm　高9.8mm

善哉

卍字钮黄金印

纵 15.0mm　横 15.0mm　高 17.0mm

两汉印风

二〇二三年作品

金玉满堂

龟钮黄金印

纵 16.0mm　横 16.0mm　高 14.5mm

无灾无难到公卿

龟钮黄金印

纵 12.8mm　横 12.8mm　高 12.5mm

福寿康宁

龟钮黄金印

纵 13.3mm　横 13.3mm　高 10.8mm

物华天宝

龟钮黄金印

纵12.0mm　横12.0mm　高14.0mm

无量寿

龟钮黄金印

纵 11.6mm　横 11.6mm　高 11.5mm

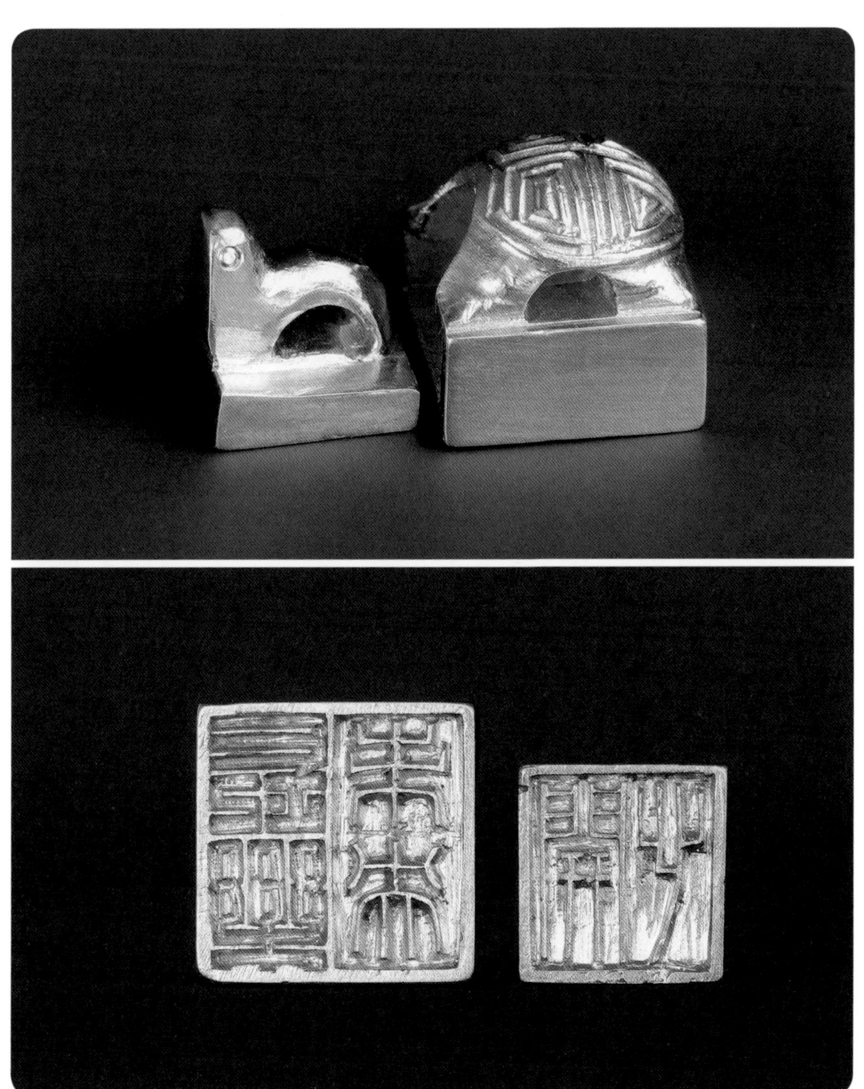

长乐未央　开心

子母龟钮黄金印

母印纵11.0mm　横11.0mm　高10.0mm　子印纵8.4mm　横8.3mm　高8.5mm

寿山福海

龟钮黄金印

纵 17.0mm　横 17.0mm　高 16.5mm

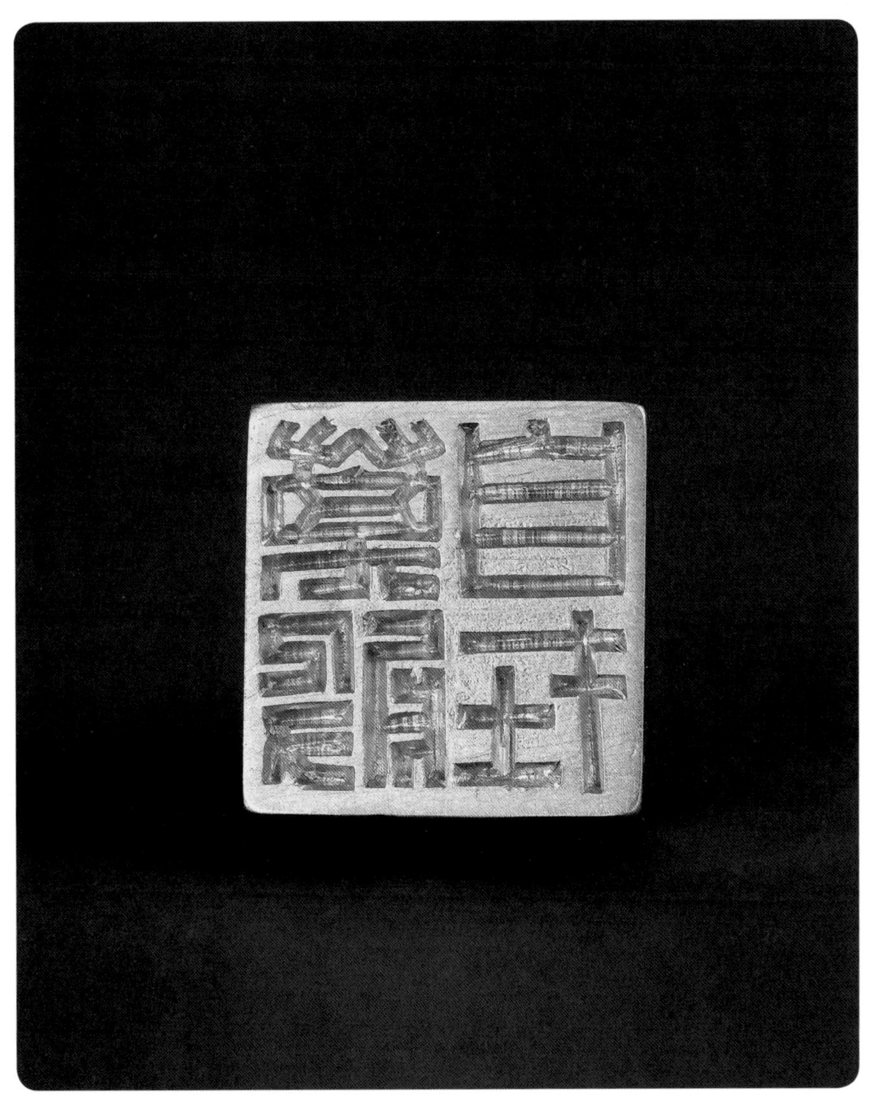

万般自在

龟钮黄金印

纵12.0mm　横12.0mm　高13.0mm

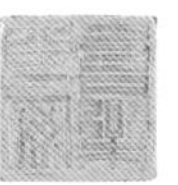

平安喜乐

龟钮黄金印

纵 11.0mm　横 11.0mm　高 12.0mm

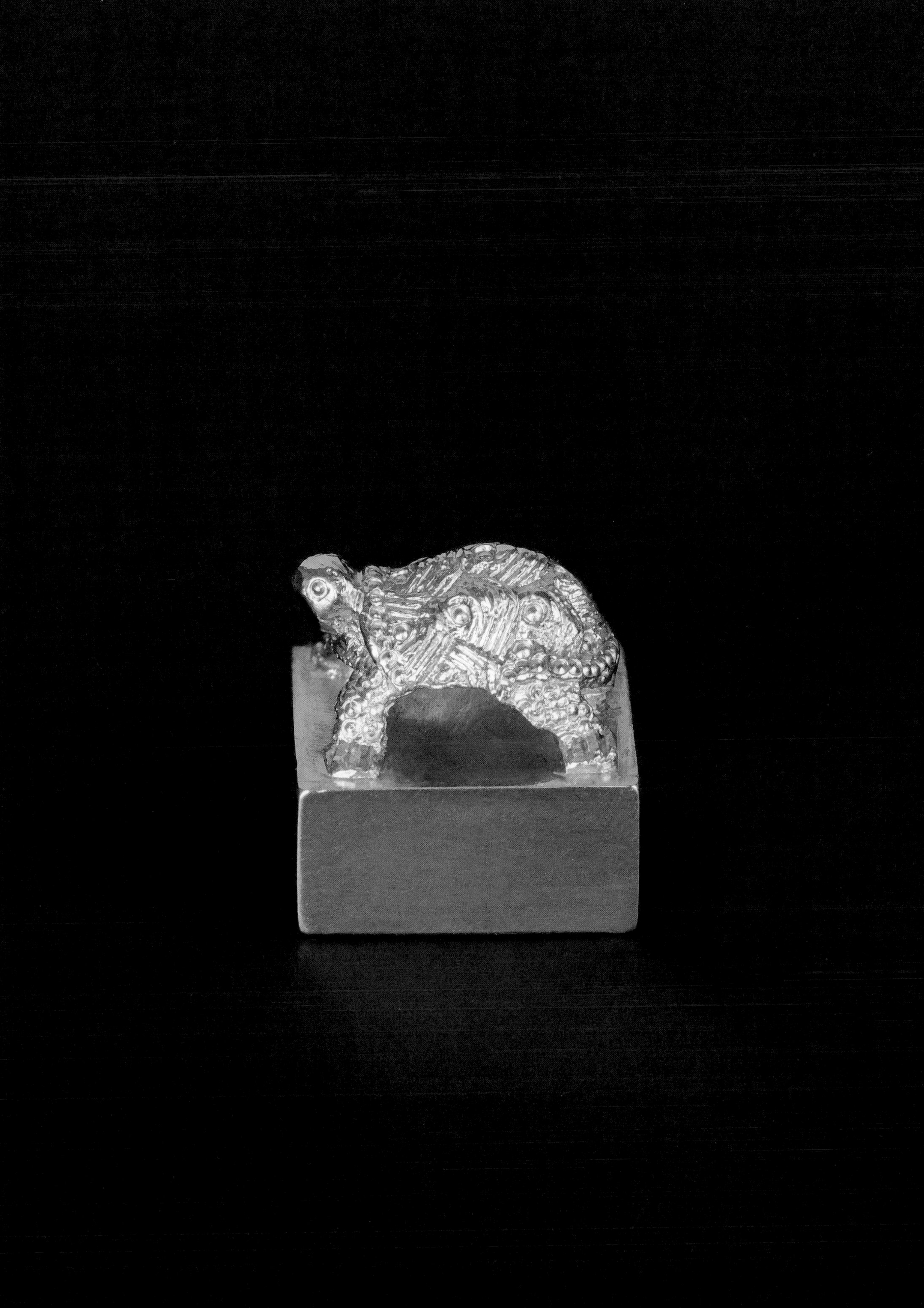

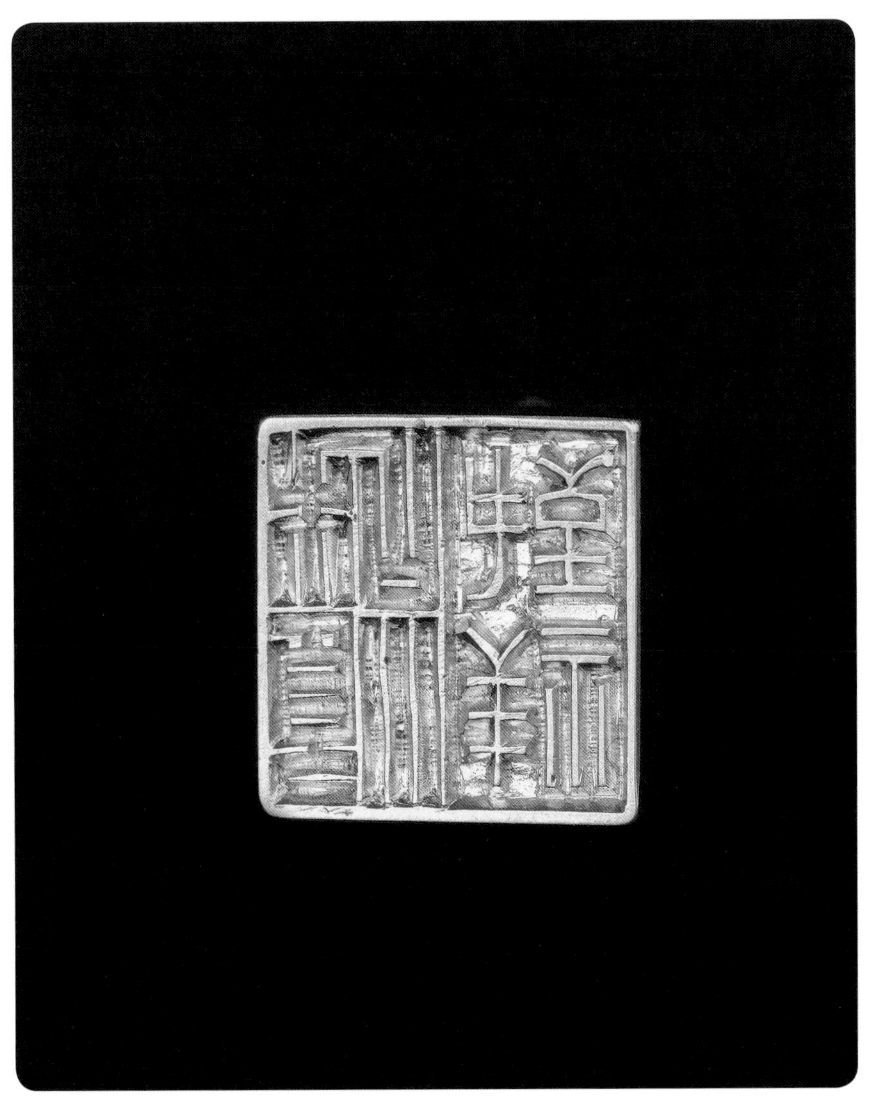

和顺致祥

龟钮黄金印

纵 12.5mm　横 12.5mm　高 12.3mm

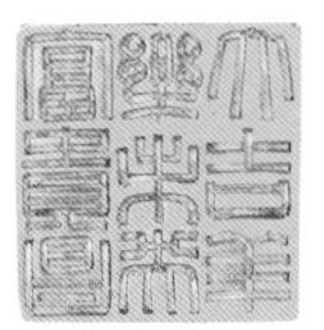

富贵昌乐未央大吉祥

龟钮黄金印

纵 20.0mm　横 20.0mm　高 16.0mm

永承嘉福

龙纹双面黄金印

纵20.7mm　横20.0mm　高7.0mm

常欢愉皆胜意且顺遂

龙纹双面黄金印

纵 21.9mm　横 21.1mm　高 5.6mm

日入千万　富乐安宁

龙虎纹双面黄金印

纵 19.0mm　横 19.0mm　高 7.0mm

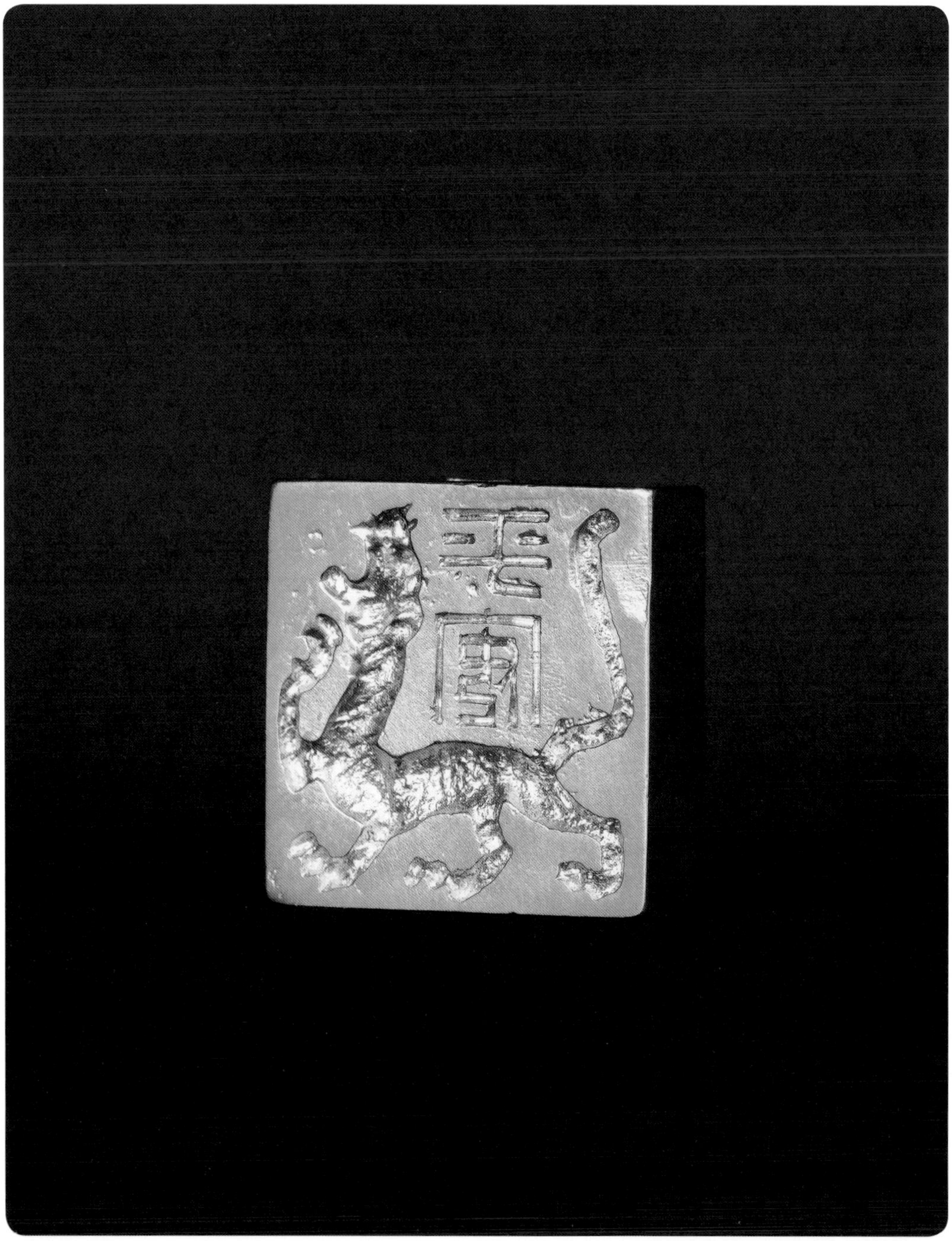

平安　佳想安善

虎纹双面黄金印

纵15.6mm　横15.6mm　高5.5mm

慈悲喜舍　懿旸

双面黄金印

纵15.6mm　横15.6mm　高6.0mm

康婷盛禧　张起康印

双面黄金印

纵 19.0mm　横 19.0mm　高 6.0mm

康婷盛禧　赵炳婷印

双面黄金印

纵 19.0mm　横 19.0mm　高 6.0mm

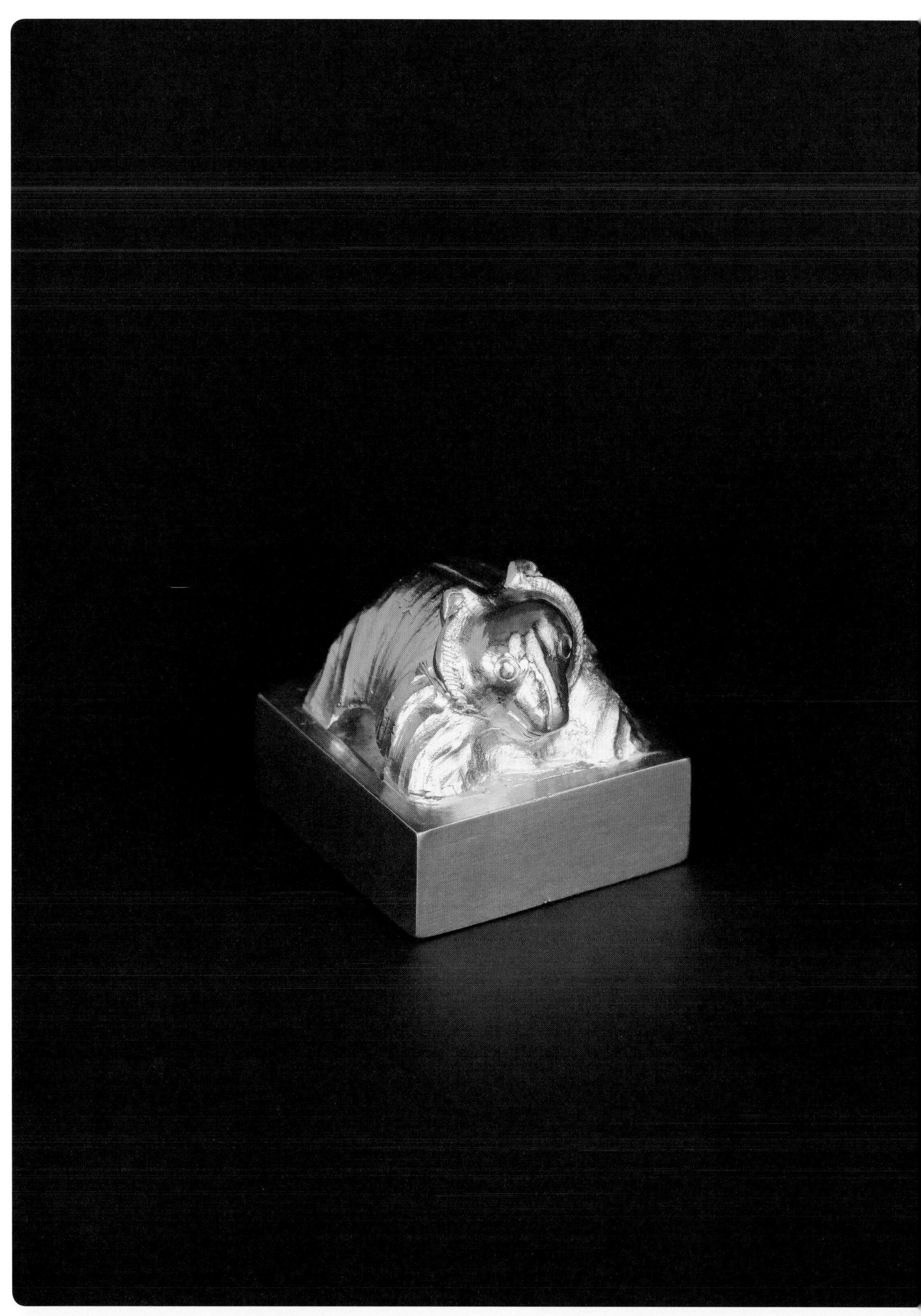

长宜子孙

熊钮黄金印

纵17.5mm　横17.5mm　高16.8mm

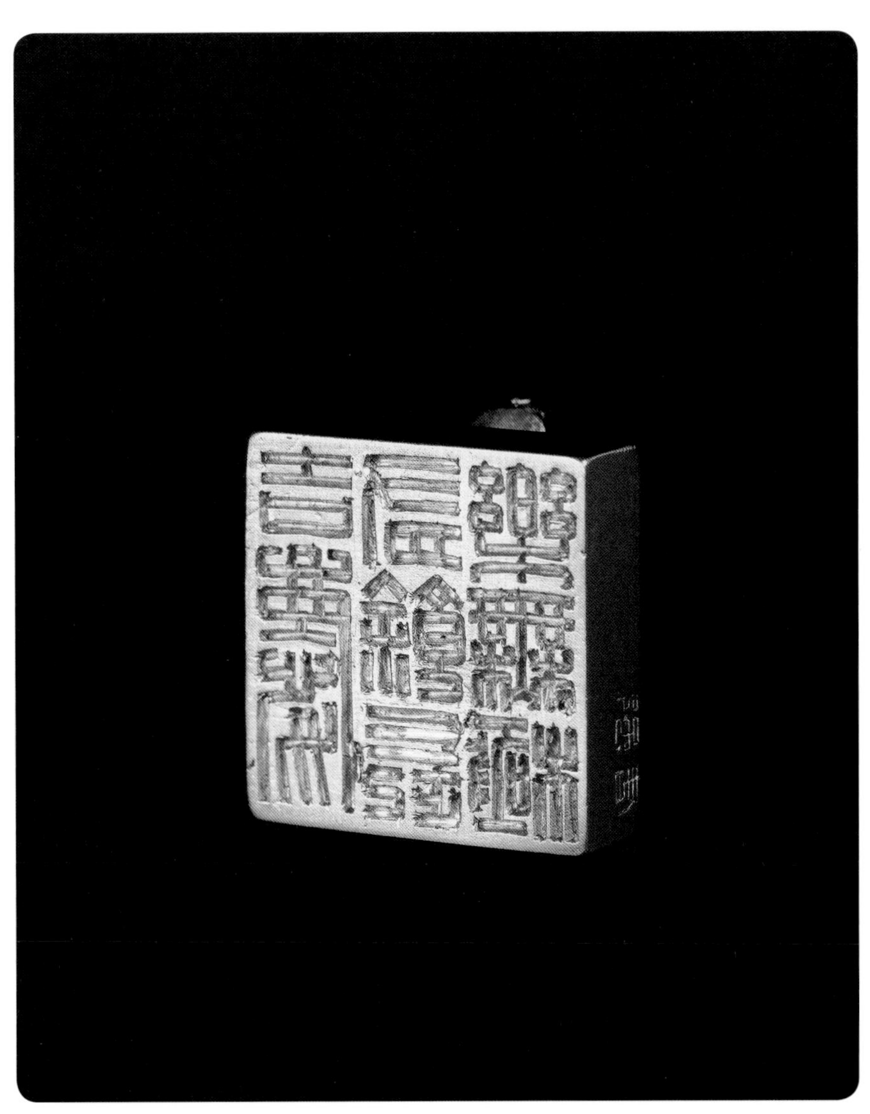

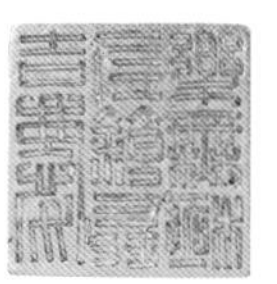

吉庆有余长乐无极

鱼钮黄金印

纵 17.0mm　横 17.0mm　高 13.0mm

日利

雁钮鱼纹黄金印

纵 11.5mm　横 11.5mm　高 18.8mm

安且吉兮

环龙钮黄金印　铭文：甲辰大吉日安且吉长乐未央书强造

印钮高 44.7mm　宽 34.0mm　印面纵 9.9mm　横 8.3mm

永以为好

熊钮黄金印

纵 15.0mm　横 15.0mm　高 12.0mm

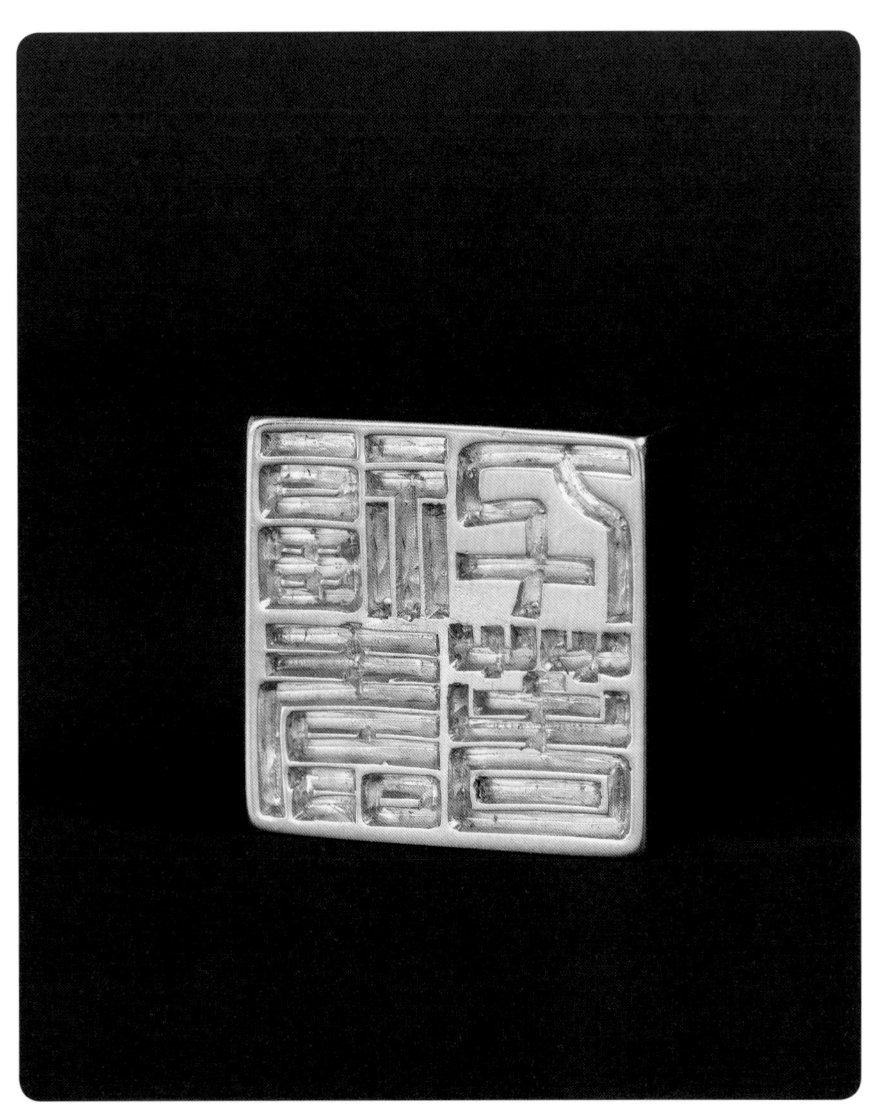

福寿千春

虎钮黄金印

纵 17.2mm　横 17.2mm　高 13.5mm

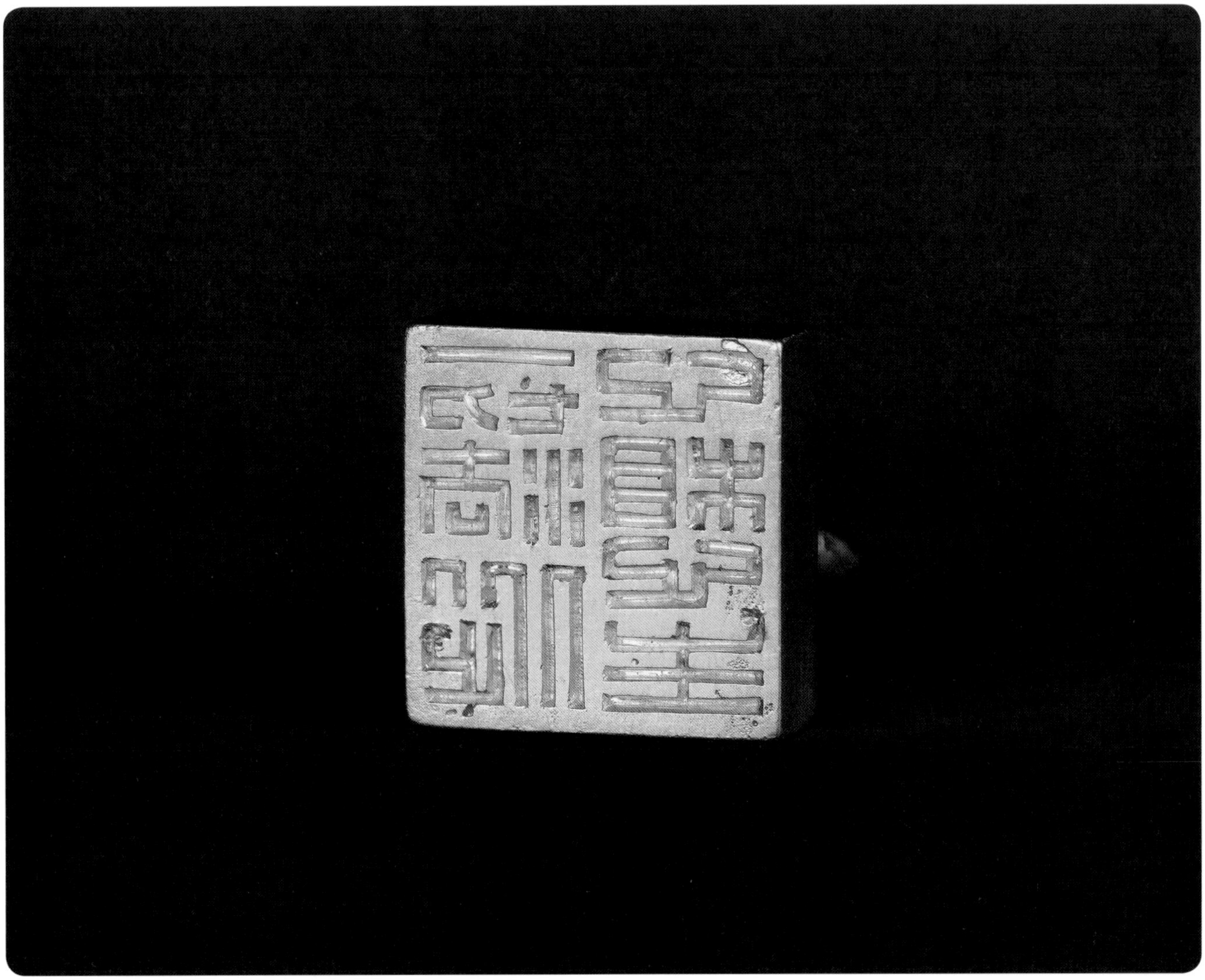

一切法从心想生

环钮黄金印

纵 15.0mm　横 15.0mm　高 11.7mm

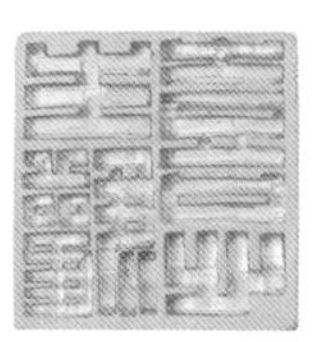

生欢喜心

鼻钮黄金印

纵 20.0mm　横 20.0mm　高 10.0mm

福至心灵

四灵兽纹瓦钮黄金印

纵 13.5mm　横 13.5mm　高 11.0mm

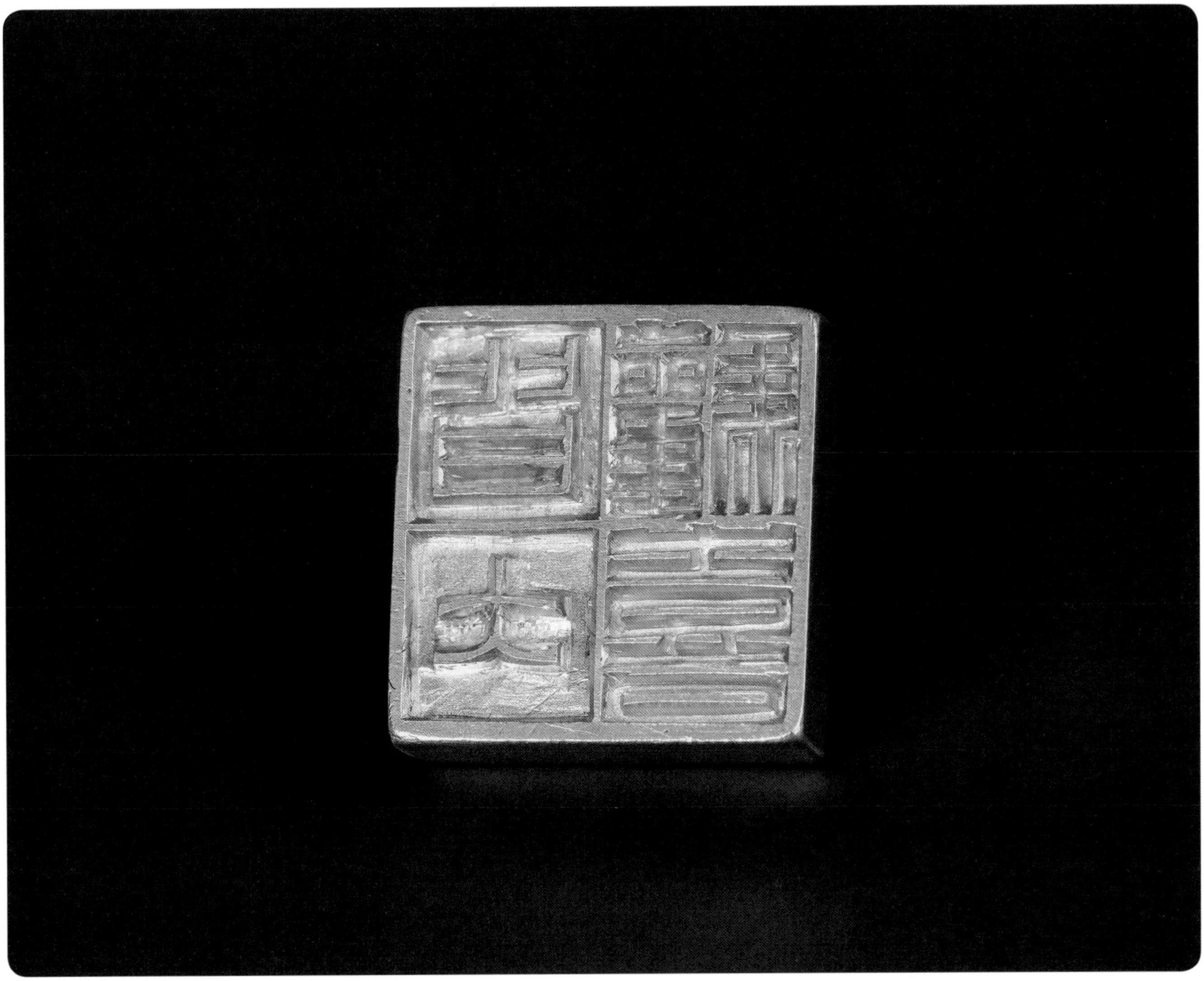

皆大欢喜

瓦钮黄金印

纵 16.2mm　横 16.0mm　高 11.8mm

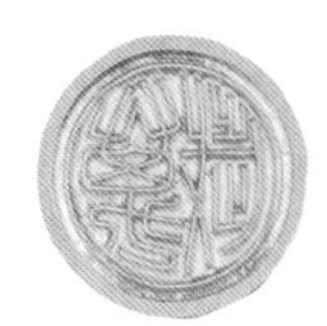

万岁

权钮黄金印

纵 19.0mm　横 19.0mm　高 15.0mm

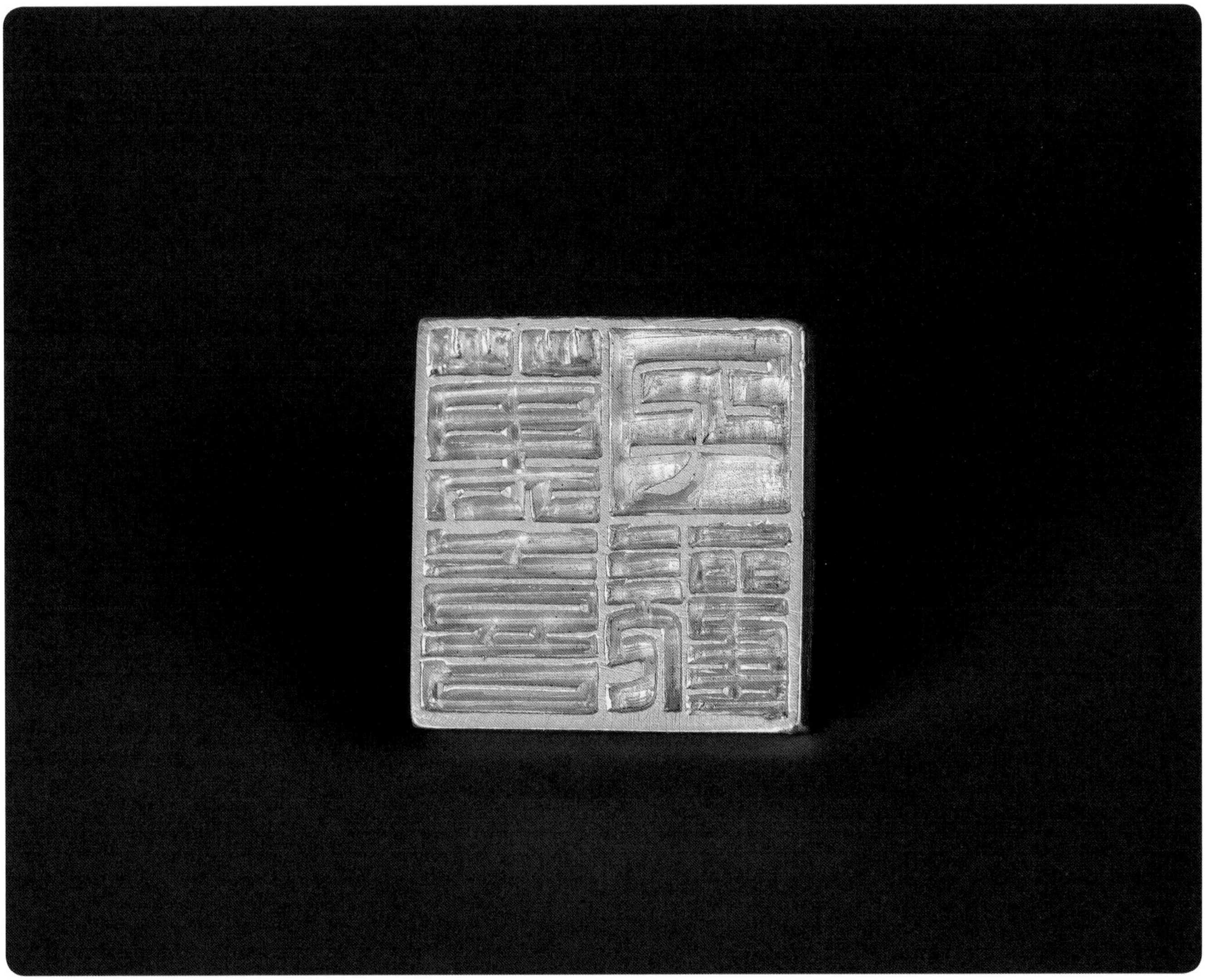

万喜千欢

鼻钮黄金印

纵15.0mm　横15.0mm　高8.8mm

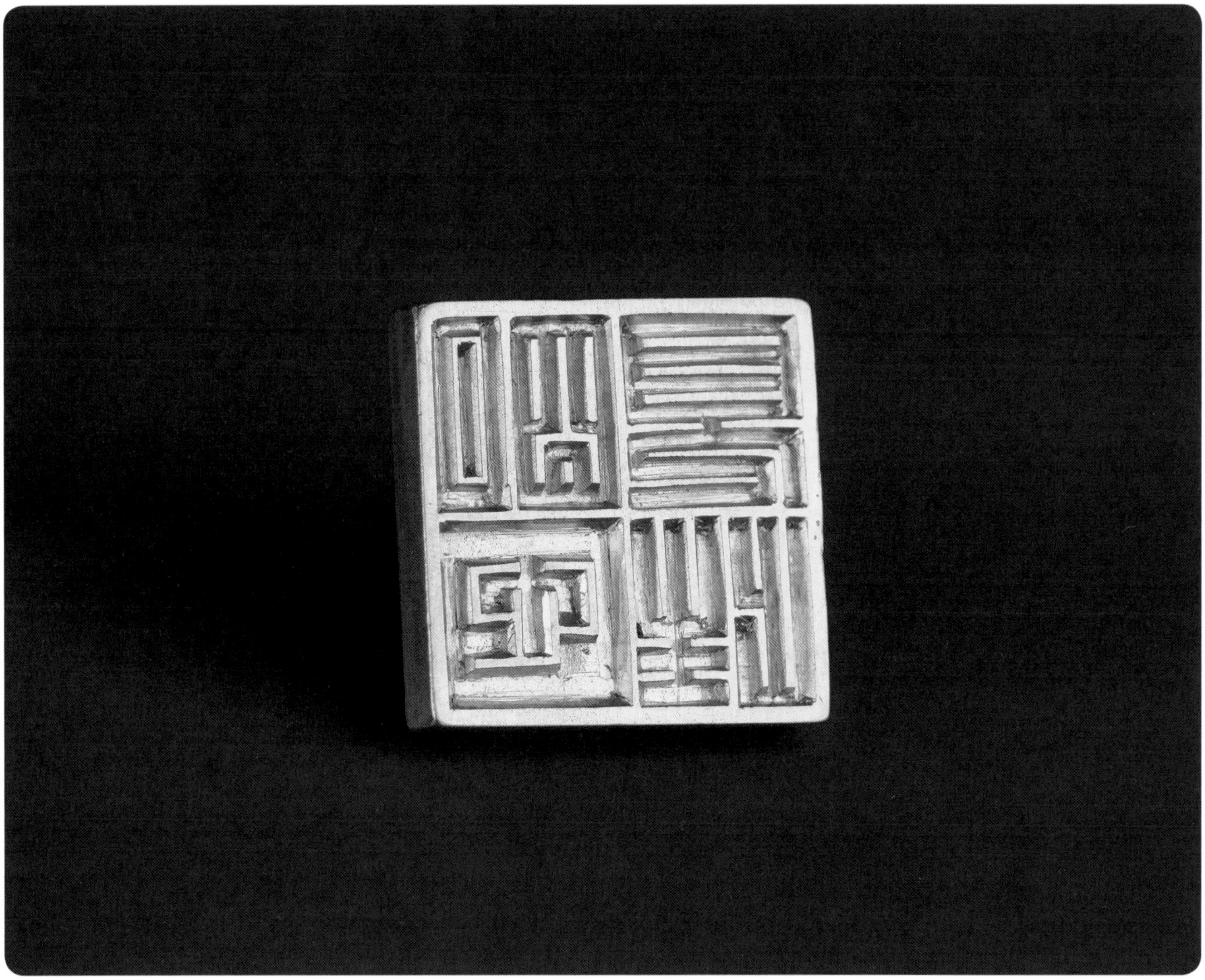

明心见性

鼻钮黄金印

纵 15.0mm　横 15.0mm　高 10.8mm

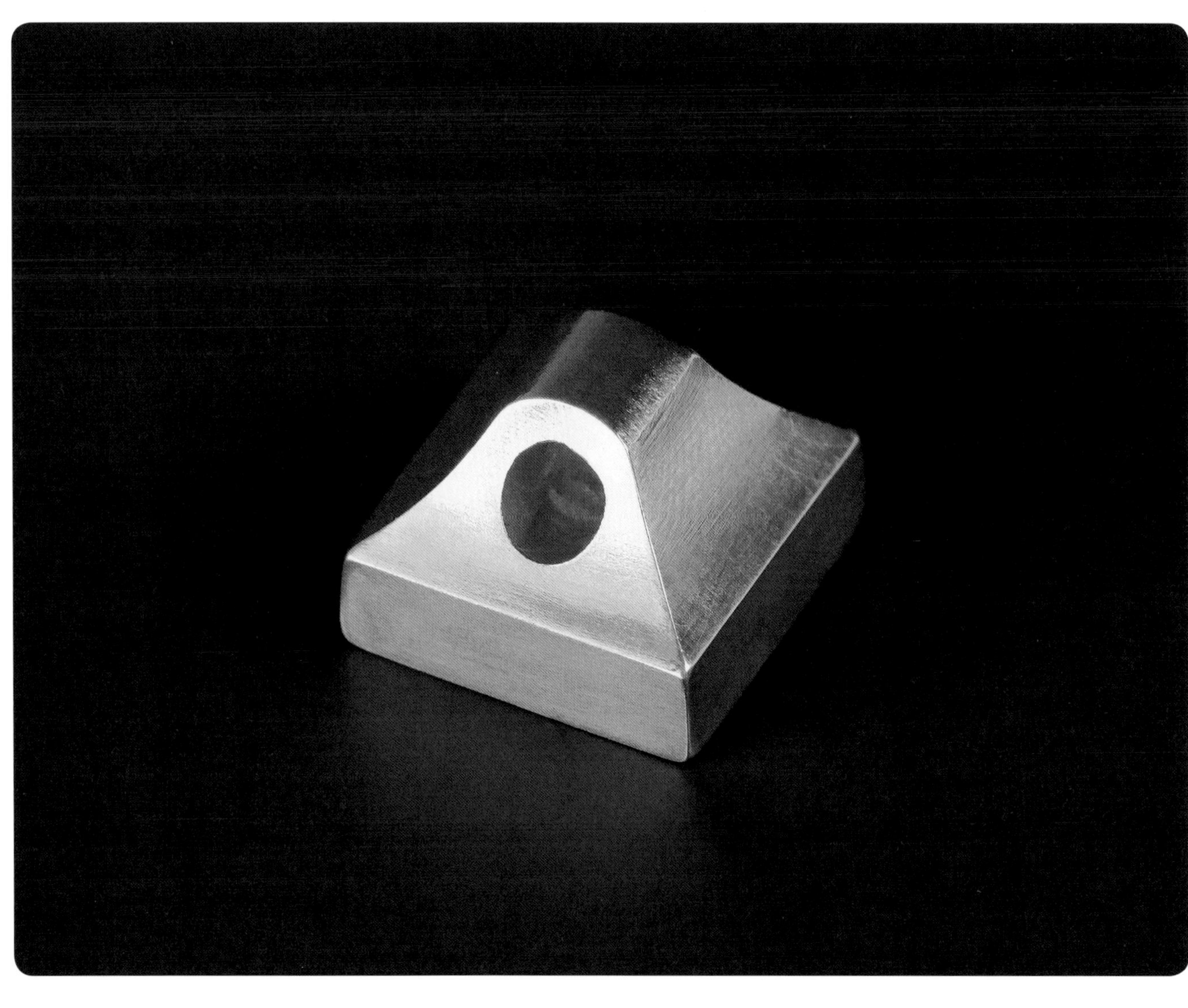

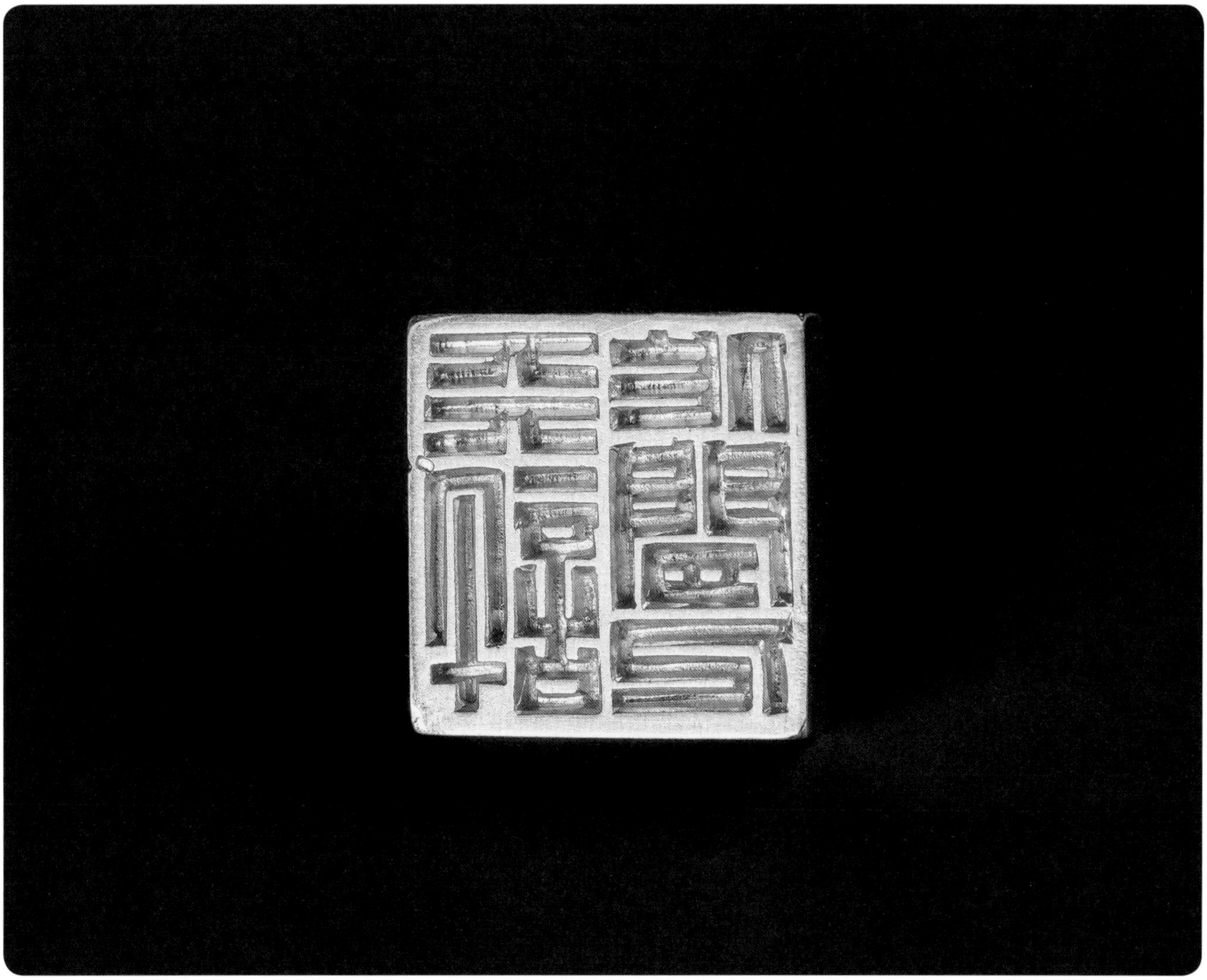

天许作闲人

鼻钮黄金印

纵12.5mm　横12.3mm　高9.0mm

金印

二〇二二年作品

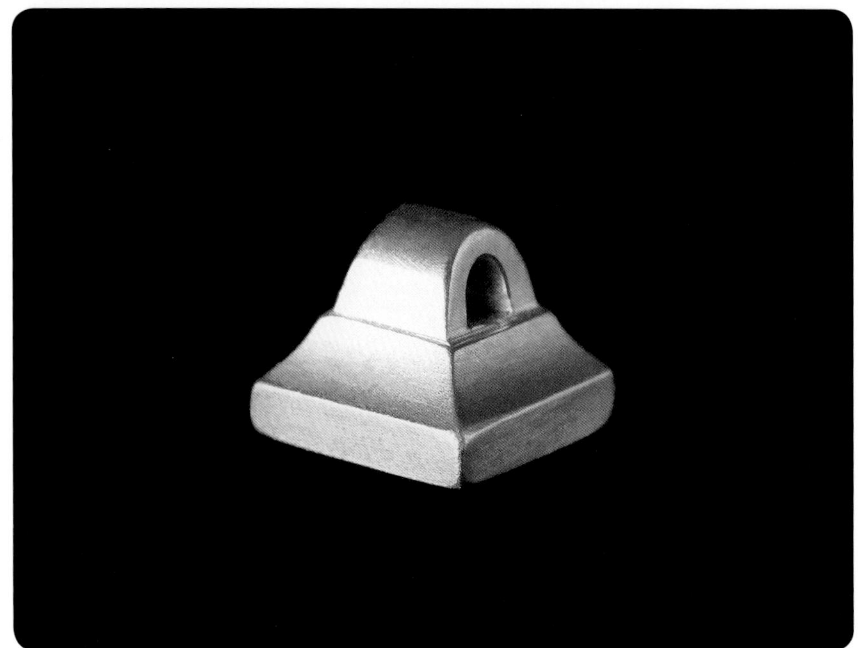

自在

鼻钮黄金印

纵9.0mm　横9.0mm　高7.0mm

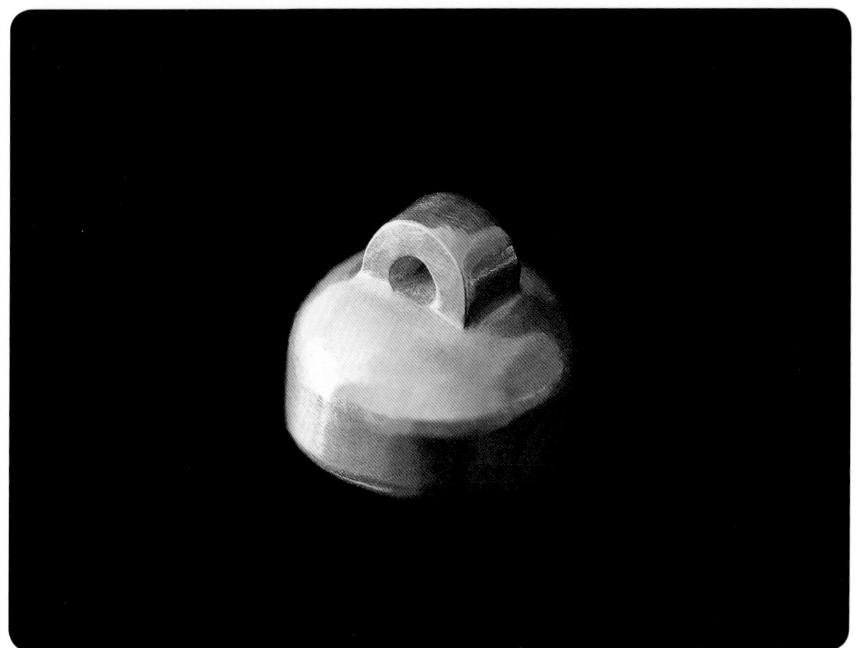

平安

鼻钮黄金印

纵 12.0mm　横 12.0mm　高 10.0mm

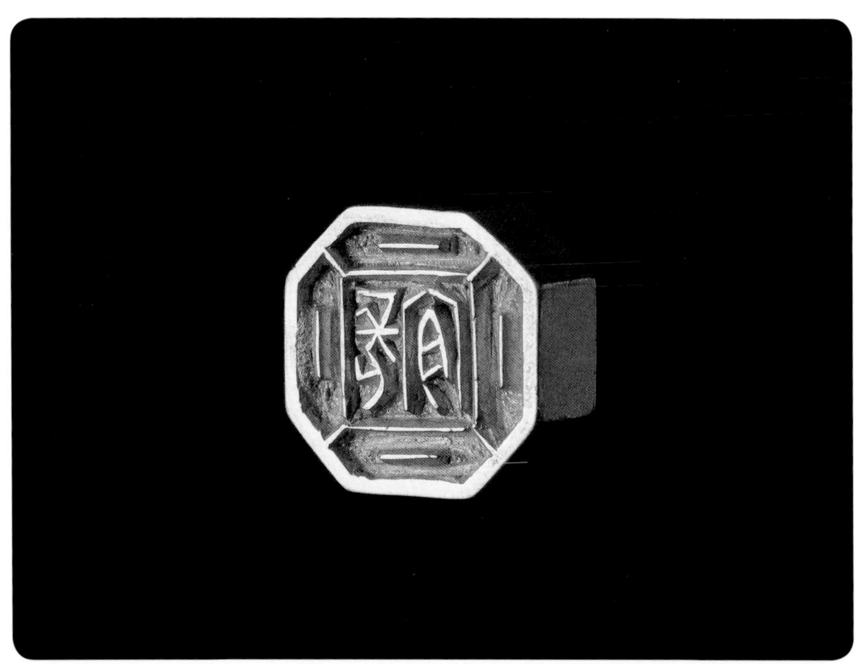

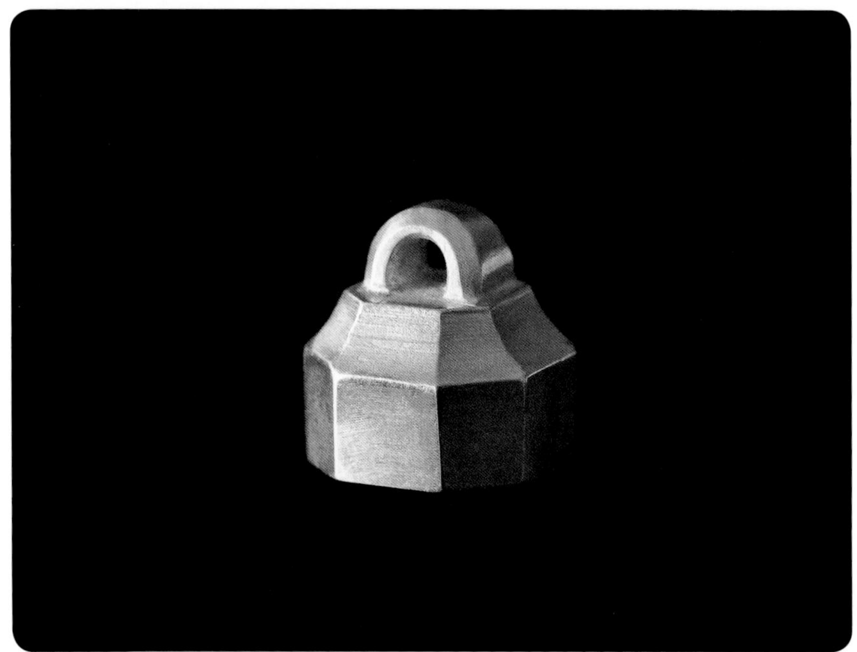

长宜

鼻钮黄金印

纵 11.0mm　横 11.0mm　高 11.0mm

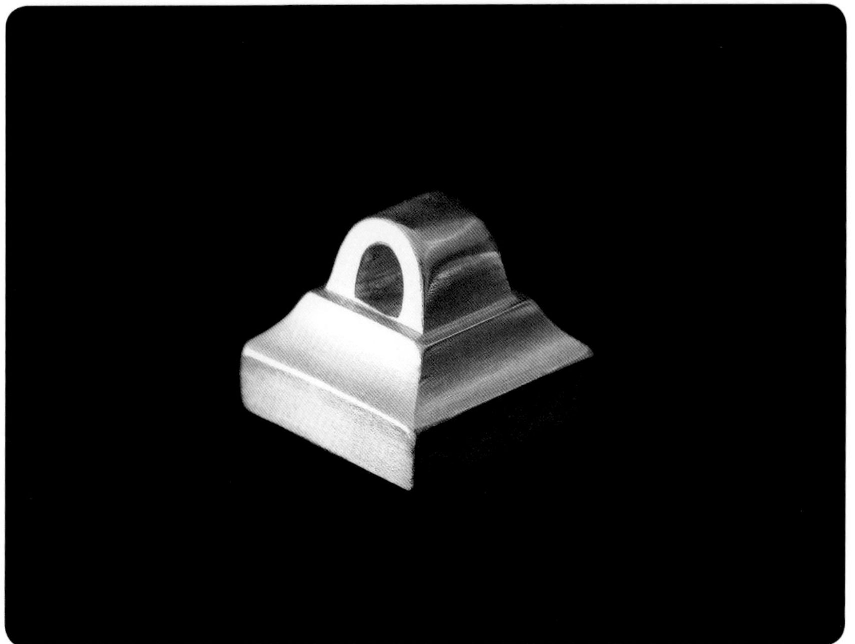

浅欢

鼻钮黄金印

纵 11.0mm　横 11.0mm　高 9.0mm

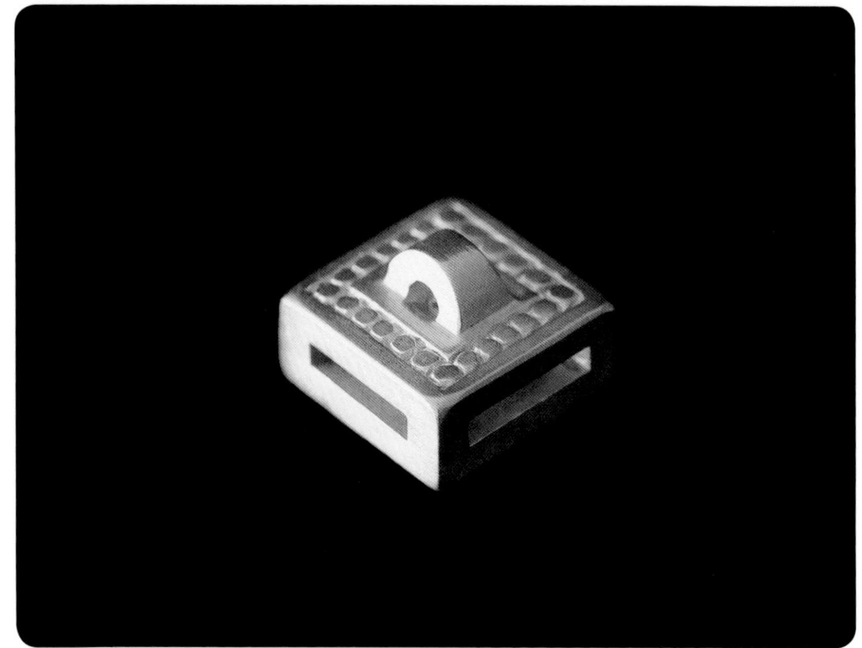

日有熹

鼻钮黄金印

纵 12.0mm　横 12.0mm　高 8.0mm

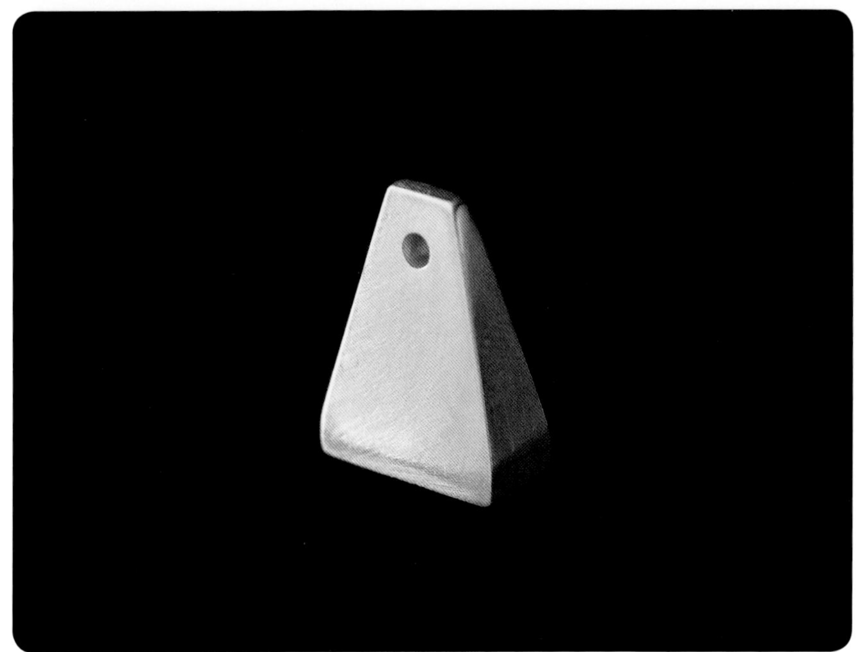

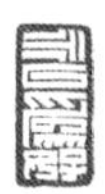

永以为好

锥钮黄金印

纵 11.0mm　横 5.0mm　高 15.0mm

永遇乐

鼻钮黄金印

纵 12.0mm　横 12.0mm　高 10.0mm

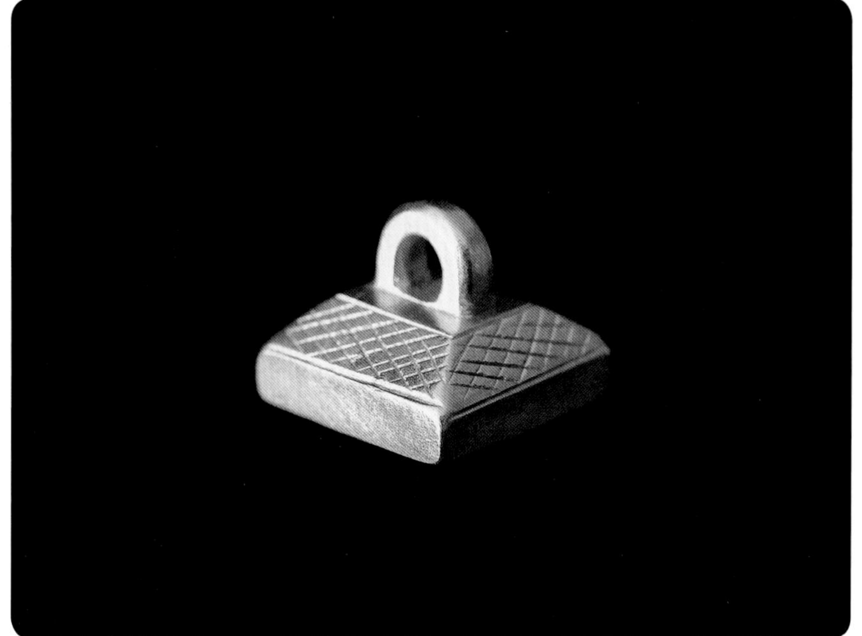

长乐

鼻钮黄金印

纵 12.5mm　横 12.5mm　高 10.0mm

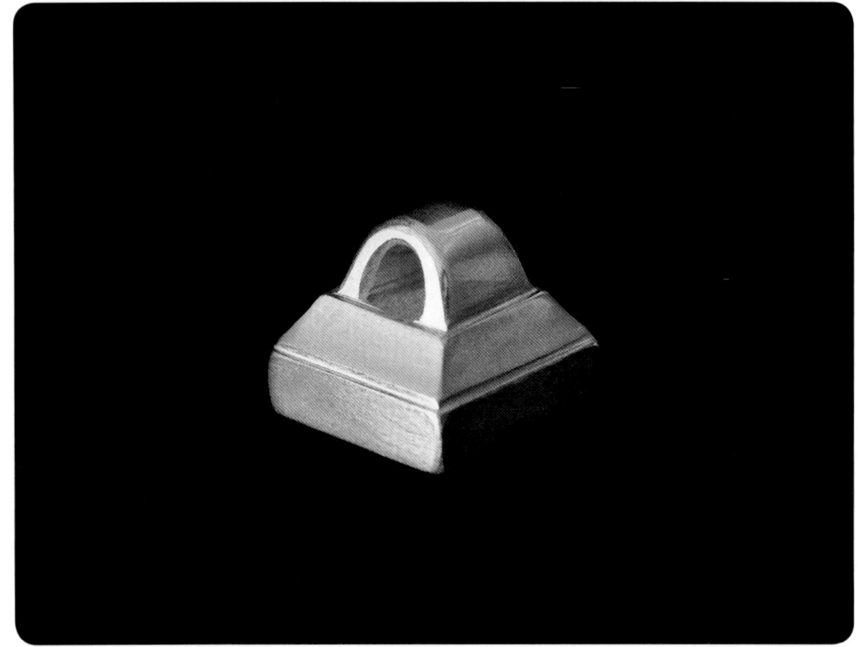

随喜

鼻钮黄金印

纵 12.0mm　横 12.0mm　高 10.0mm

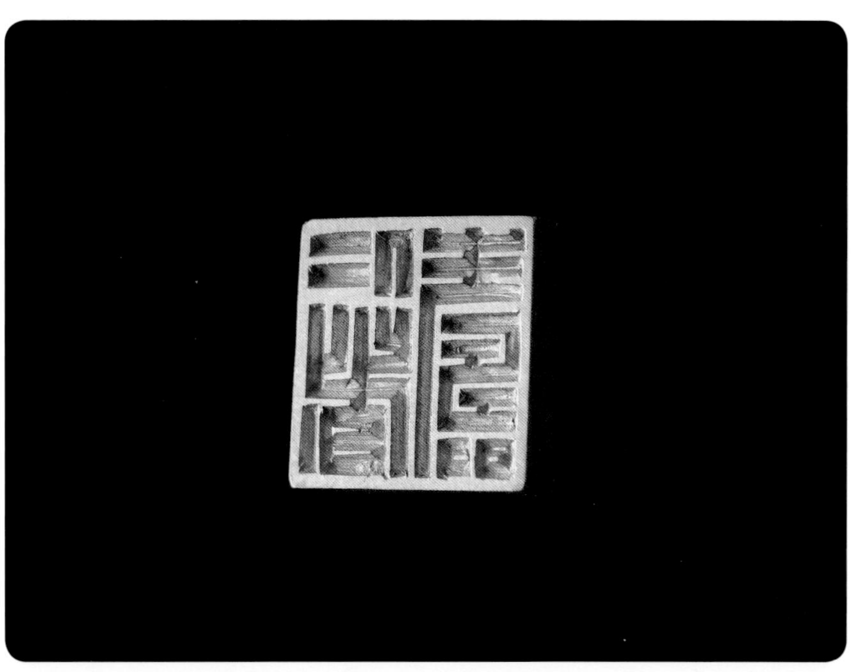

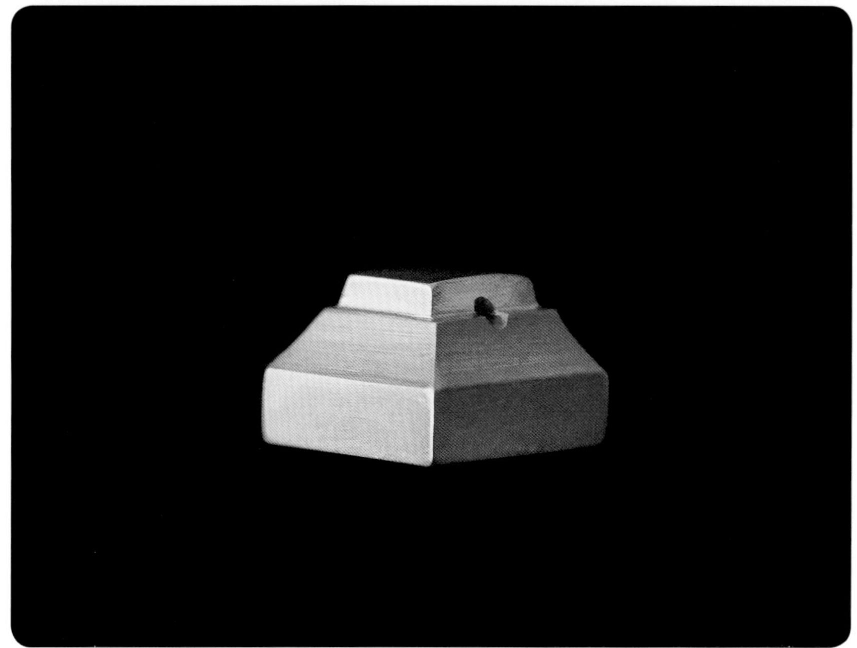

仁者寿

覆斗钮黄金印

纵12.0mm　横12.0mm　高8.5mm

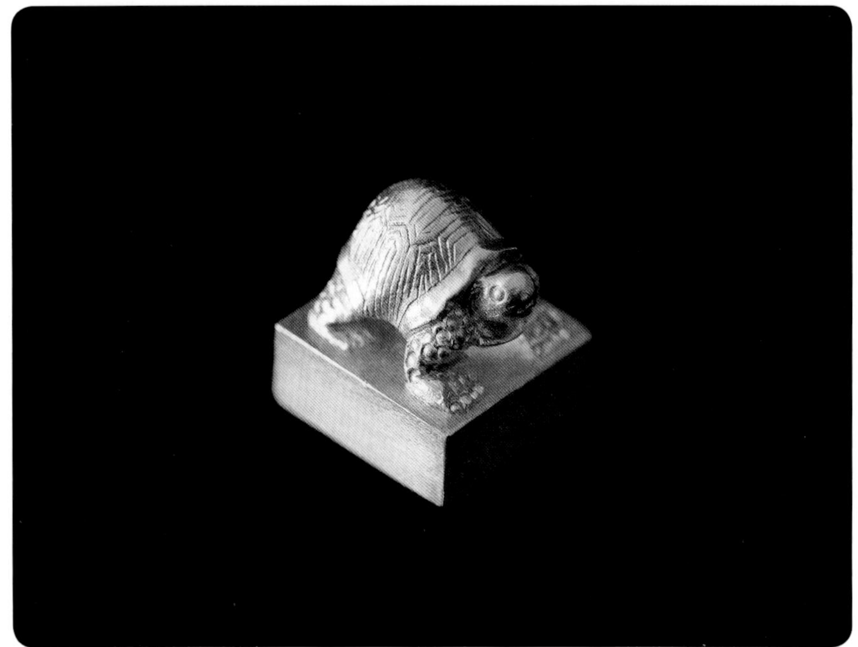

永受嘉福

龟钮黄金印

纵 10.0mm　横 10.0mm　高 11.0mm

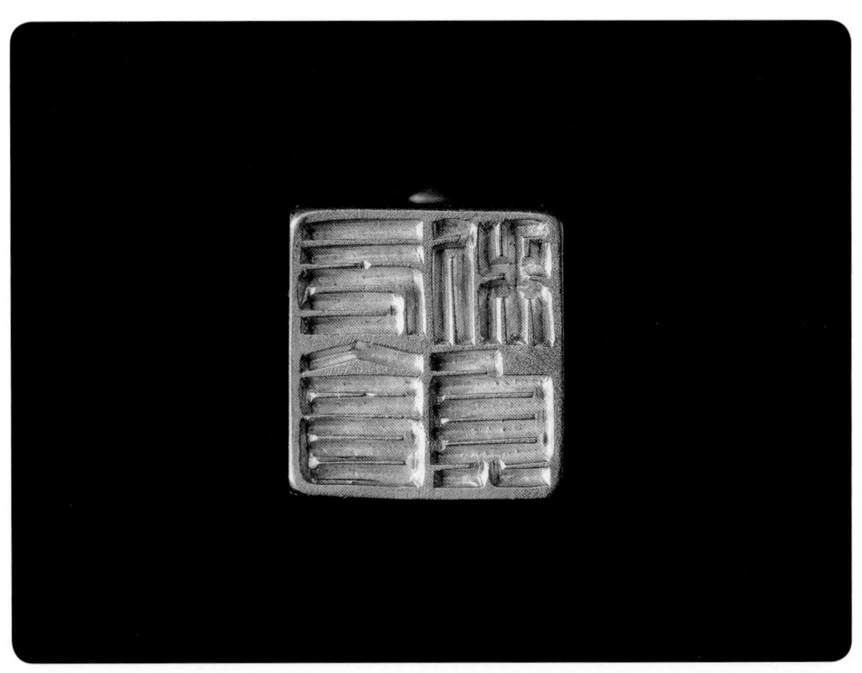

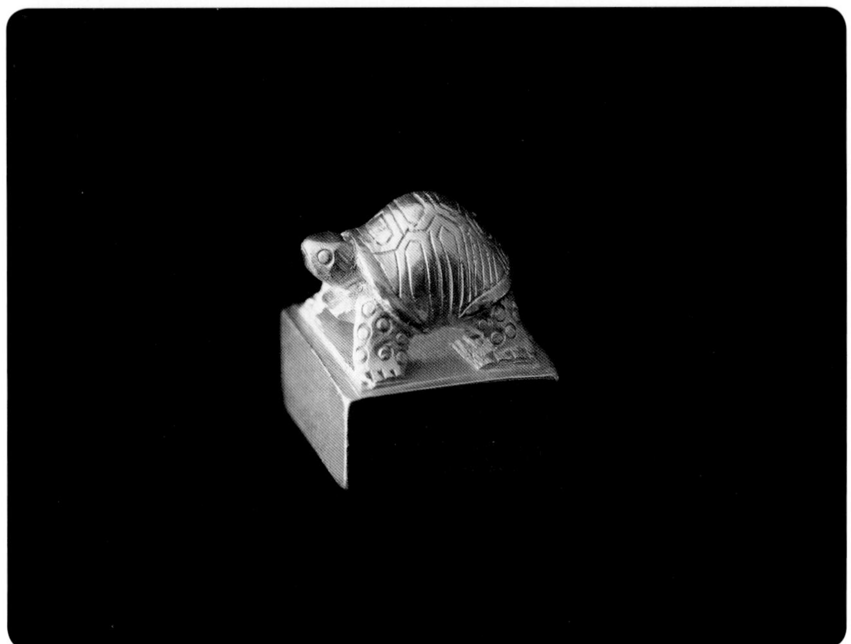

元亨利贞

龟钮黄金印

纵 12.0mm　横 12.0mm　高 13.0mm

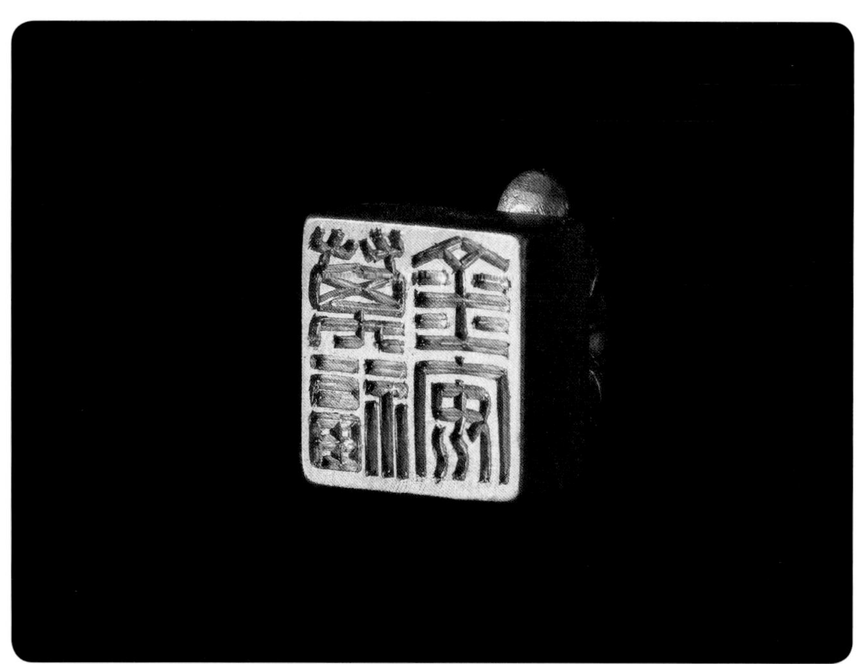

万福金安

龟钮黄金印

纵 11.5mm　横 11.5mm　高 14.0mm

多喜乐长安宁岁无忧

龟钮黄金印

纵 14.0mm　横 14.0mm　高 11.0mm

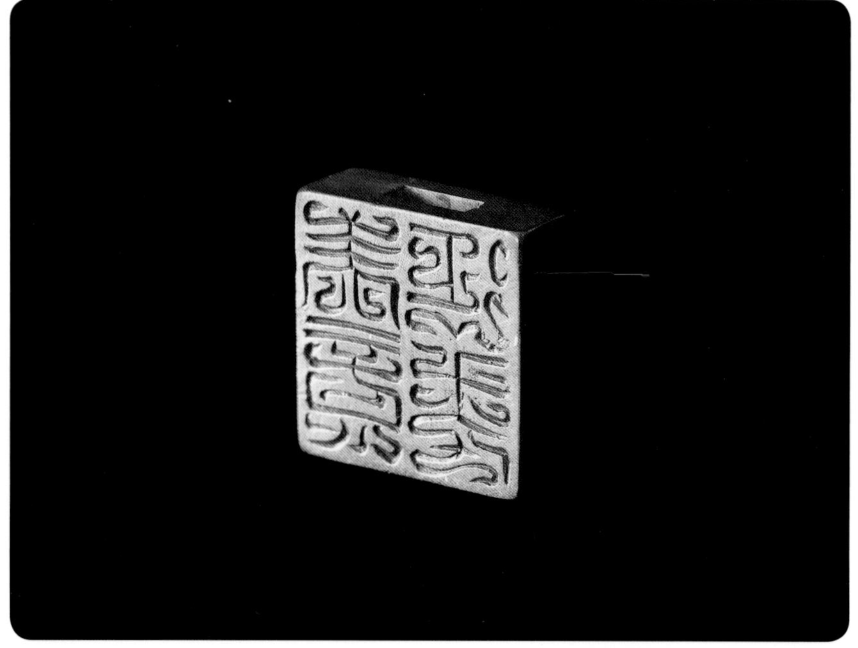

长幸　美意延年

四灵兽双面黄金印

纵15.0mm　横15.0mm　高6.0mm

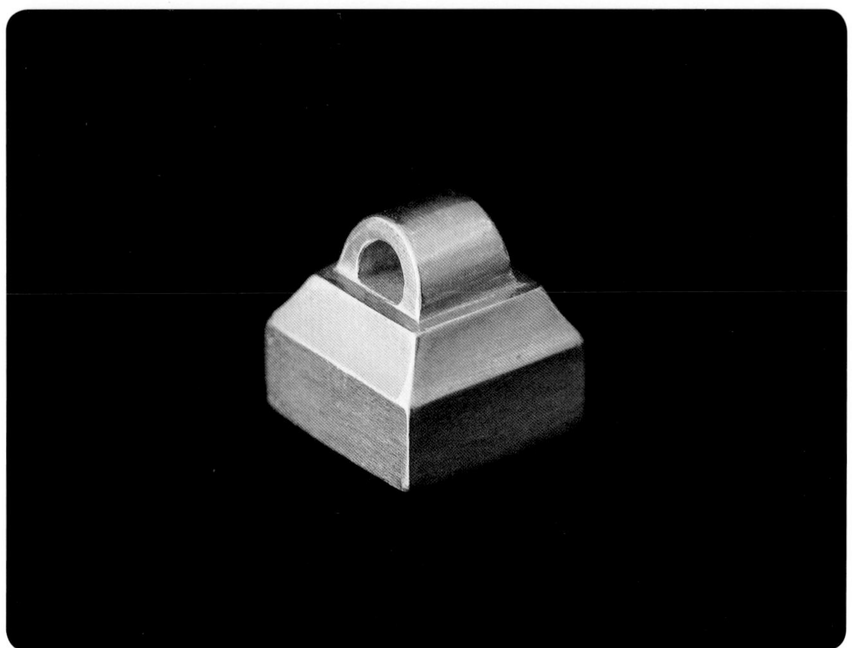

安且吉兮

鼻钮黄金印

纵 11.0mm　横 11.0mm　高 11.0mm

万岁

鼻钮黄金印

纵 11.0mm　横 11.0mm　高 11.0mm

多福

鼻钮黄金印

纵13.0mm　横13.0mm　高11.0mm

好事近

鼻钮黄金印

纵 14.0mm　横 14.0mm　高 10.0mm

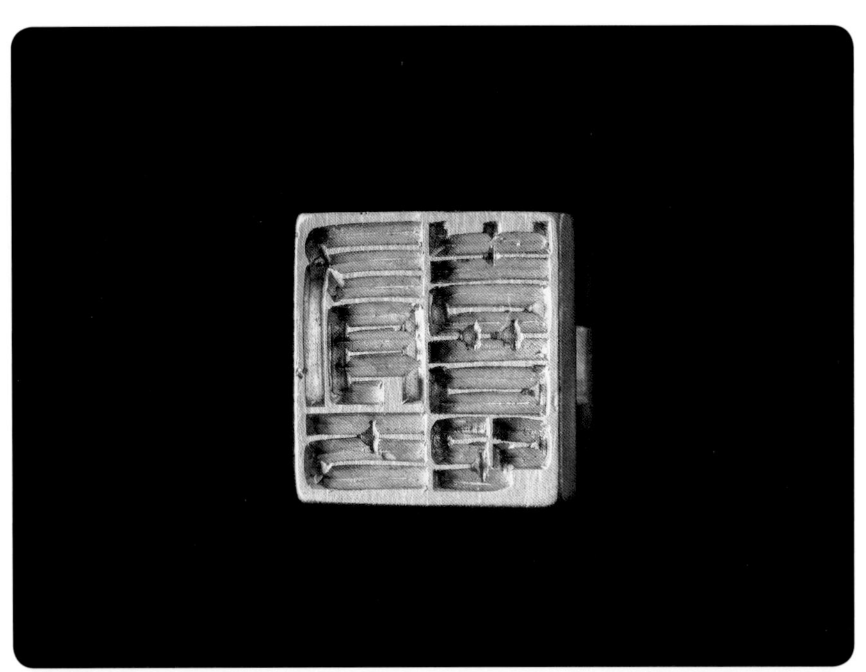

有万憙

卍字钮黄金印

纵14.5mm 横14.5mm 高16.0mm

圖書在版編目（C I P）數據

铁研斋金印 / 李书强著. -- 杭州 : 西泠印社出版社, 2023.12
ISBN 978-7-5508-4384-4

Ⅰ. ①铁… Ⅱ. ①李… Ⅲ. ①汉字—印谱—中国—现代 Ⅳ. ①J292.47

中国国家版本馆CIP数据核字(2024)第000586号

铁研斋金印

李书强　著

封面题字　王　镛
责任编辑　俞　莺
责任出版　冯斌强
策划顾问　杨中良
责任校对　徐　岫
出版发行　西泠印社出版社
（杭州西湖文化广场 32 号 5 楼　邮政编码　310014）
经　　销　全国新华书店
制　　版　北京印艺启航文化发展有限公司
印　　刷　北京启航东方印刷有限公司
开　　本　889 毫米 × 1194 毫米　16 开
印　　张　9.75
印　　数　0001-1000
书　　号　ISBN 978-7-5508-4384-4
版　　次　2023 年 12 月第 1 版　第 1 次印刷
定　　价　198.00 元

西泠印社出版社发行部联系方式：（0571）87243079